渚に立つ　沖縄・私領域からの衝迫

境界の文学

KIYOTA Masanobu

渚に立つ

沖縄・私領域からの衝迫

清田政信

editorialrepublica
共和国

微私的な前史

陽だまりにうずくまって豊かに病んでいた幼年期。また夜の闇は充分に少年の魂を畏怖させて、おさない意識の涸れてゆく深更の時間をせせらぐような眠りは来たのだ。大人たちは及びもつかぬ完成された貌で少年の教師だった。その貌はただひとつの表情であるにとどまらず、何か生の風雪の中で、てんでにひとつの〈生きる術〉を自得している自信に支えられて労働しているかの如く思われた。だが少年にとって生きる術とは、また何と苛酷な重荷だろう。少年はただ青黒い福木につつまれて休息している村の昼、大人たちの労働のきびしさと村の掟が少年にはうかがい知れない何ものかによって編みあげられているのを知りながら、自律するよりは、内実がはじけてゆく習性の中で、その中心を把握しようとして、つまりは、生の平衡感を確かめようとしてあせるだけだ。

それにしてもなぜ少年たちは、あんなに下痢に苦しんでいたのか。むろん彼等の食事が粗悪だったとも言えるけれども、内部からはじけてゆく少年の感受性の生理は、掟によって過度の緊張のために、自らの身体を支える力を喪失し、一種夢みるような眼をして自らの意識を放下し、とめどなく下痢におそわれるのだ。掟の言葉はただ一方的に少年たちの感受性を馴致するために流れていった。少年たちは服従し、血の気の失せた貌で内部で整序されることばのいきづきを信じた。

それにしても少年にとって感受性の開示はいつでも掟を支えている暗い宗教の海嘯の余韻にかき消され、真昼の陽だまりは、自分だけの小さな蠟燭の火の明りのように衰弱する。とめどない不安、何かから置きざりにされているという意識は血を逆上させ、大人たちを血の共生域へおもむかせる。少年はまた入学以前に姉と学校へよく遊びに行った。あの高学年の姉たちは少年の自閉に病んでいる血をしずめた。あの優しさ、わざとらしさのない優しさ。それは何か。言うなれば何か眼にみえない大いなるものの到来を前にしたときの人間の無私の感情。戦争——それは民のエゴイズムを打ち砕いて、放下へ向う心性の中から優しい感情を流露させながら、酷薄な権威の名のもとに暴力を行使させる。優しさとは（少くとも自己放下のあとにくるそれは）暴力の行使を受容するということだ。また優しさは個の意識の空洞を充たす言葉をつむぐ異貌の姿勢を何か外力によってなぎたおそうとする、おどろおどろした決意の中からも生れはしまいか。だが少年にはその優しさに抗する何ものもない。少年が抗しきれない分だけ掟の言葉は少年の内部に流れいるのだと思われた。

この放下へ向う優しさは少年の生に対する思考に何か不思議な奥ゆきを感じさせるように思えたりする。だがそれは意識によって内部の情念を顕在化する方向へではなく、意識の死滅へ、あるいは意識のうかがい知れない冥暗として心域に構成する以外にない。その冥暗の不定型は、いわばカリスマの思想の棲むところだと考えてさしつかえない。そこから少しばかり視点をずらして考えれば、民の日常の労働のもたらす意識の終息をあがなう空洞とそれが対応することが見てとれるはずだ。つまり個の内質へ針を突き刺そうとすればする程それは冥暗の心域に踏み迷う自らの存在をまのあたりにするはずだし、またそこに拝跪する血の群れを見ることになるだろう。

たとえば男の教師が生徒を、小犬をぶちのめすように地面にたたきつけて気を失わせた。それが何の異常でもなく、何の抗議も受けずに日課として課せられる。その少年はたぶん血の共生域へ推参する言葉をもてずにひとつの異和をかもす存在としてあるためかも知れない。言うなればそれが血の共生域からの脱落として視られる限り、何の抗議も生まず無関心の中で忘れ去られる。だが少年にとってそれはいつまでも消しがたい傷痕として残っているはずだ。もし少年が明確な言葉として掟の暴力へ対置する次元へふみこむとき、彼は生涯社会からほうむられた者となる以外に生きるすべはないのだ。だからしてその傷痕は決して言葉にならない形で少年の生涯を何らかの形でひずませているかも知れない。少年に、それらの暴力を行使させる掟を対象化する視点を要求しても無理というものだ。少年にとって本来非論理の冥暗に想いみられる共生域は、それが決して少年の言葉ではすくうことのできない不定型な、したがって対自化できないことによってかえって受容されるものだ。だが軍事教練の教官が、尊敬する女教師を現地妻にしたり、苛酷な体罰のために下痢をしていることを受容することはできない。少年は自閉という病によってかろうじて個の倒立した像をただ夢遊の内に解き放つ。あの頃、ランプが消され床につくとき言いようのない夢の恐怖のためにさいなまされたのはそのためかも知れない。夢の中で始めて少年は存在の畏怖に慄え、いわばほんとに自己の内部へ向って歩く言葉を生きたのだと思われる。

つまり暗い海嘯の如き宗教の共生への没入には何か村そのものが今までの日常の祭祀の中で散発的に表出していた共感域が、カリスマの、生活へ閉じてゆく円環体の思想によって始めて主体の放棄を遂行させる自己納得の普遍化をもたらすと言うことができるかもしれない。言うなれば右翼的な情念ではないけれども右翼を受容する限りない受身の姿勢となるのだ。少年の戦後はその熱い共生域からさめていく過程に創られる以外にないわけだ。主体を放棄して共生へ没入してゆく村の生から、身をそぐようにして、ただ一人の情念の最も基底を意識化することによって自己を最初の他者として定立することからはじまる。自己を最初の他者として定立し得るとき、人は始めて一人の民への発語を準備できるのだ。それは自らの内実を他者に伝達するという風な手順をふむのではなく、自らが自閉し堅い実に成るとき、その実が割れてはじける風に言葉に化する以外にないのだ。今はそれ以外の言葉は信じようとは思わない。つまりカリスマのもっている冥暗の不定型が今では思考の平面に位置づけ得るとすれば、また戦後の市民社会もまたパースペクチヴを失った平面を苦しんでいると言ってもいいのだ。そこで個の現存を出立させるには自らの生活が、いかに自らの構想する生を消尽する方位へしかゆきつけないかを共生の成り立ちを構造として批判し、ただ個として、私としての内実を掘りすすむことによって、その観念を掘りすすむ思想の行為が深さをもつまで言葉を生きる以外にないだろう。それは極度の精神の集中と持続を要する作業だろう。共生を説くすべての思想を対象化せよ。一言で尽すとすぐれて個を造型し得る思想のみが他者の心を動かす言葉をもち得るということだ。

したがってぼくらは自己放棄による優しさの連帯を超えて自らの現存の欠如態を言葉によって明確にし、渇望に言葉を賦与すると、平面に苦しむ市民社会に背馳しつつ実現される記憶の、意識の現在への氾濫を実現できるのだ。

目次

II 原境への意思

I

沖縄・私領域からの衝迫

世礼国男論

1

無の一撃

私が地の声にしばられて肉を殺ぎ
悶絶しようとする時　街を流れる
捨て身の女たちの軽さは　ひとつの
すくいにみえたけれども　きみは
わが散策の歩道をひとすじに
衝迫し　愛よりもしるき
執着の狂いに私を引き入れた

村に在り　しいられた沈黙にうつむき
きみはなぜ　これほどに私を
無理無体に苦しめるのだ
わななきよりもきつく
麦色のひきしまる軀幹に
暗い火をみごもるきみは　倨傲な私に
女への鋭い畏怖をみごもらせた
自らの欲情に距離をとりながら
二十歳でまだ生毛に燃えていたとき
肉を拒絶する思考に引きこまれて
鋭い粒立ちの歯牙にえみこぼれる
きみを　遠ざけたのは稚せつな過誤か
いま記憶の痛みをほどけずに
それでも　一度でいいから
生きるのはよした方がいい　と言いたまえ
きみとぼくは　言葉のくさりに苦しみ
ながら　バキッと顕つ

邪悪な意志に押されて
人たちの火の視線を通過するのだ
きみらの悪意には　むきだしの沈黙を
ととのえて　だがやめたまえ
言いたくないということは
言うことがないということだ
そこで身がまえることもできずに
一瞬ともづなを解かれた舟のように
はげしくゆれる意識にたちかえること
昼のしいられた時間にくるしむときは
いつでも　その手ぶらの棒立ちに帰るのだ
それにしても今は夜だ
きみとぼくは互にこばみながら
こわばりの発熱を　鋭い
汁の棒がつらぬいた
そのとき悲しみをかてに　意志は
うずくまる暗域をいきなり突き破った

ああ！　もう言うことはないのだ
いちばん寒いさらし唄の　夜の向うに
まみにむずかる娘の　生粋の悪意が
あれば　また朝の無の一撃を
うべなうこともできるのさ

2

一人の青年が島に生まれ、そこで成長するということは、どうやら彼自身には意識されていない場合にも、何か自らの個人史をさかのぼって生の源流へ拉し去るような寂寥をもたらすものかもしれない。戦後の沖縄では、そういう海と空の無辺際にみつめられて悶絶するような青年は少なくなったかもしれない。それは交通の便がよくなったばかりでなく、云うなれば、島に閉されているゆえに空と海へ放たれる視線はさけがたく〈世界〉をよびよせずにはおかないといった存在の内域へ突き入る痛覚を体験することがむずかしくなったということだ。

島に在って青年たちは牧歌的な生活をしているのではない。彼らは寂寥が戦慄をともなった苦しみとして自覚されるか否かにかかわらず、空と海の彼方までなにもない世界に打ちのめされて島に在る自らの生を沈黙と深く関わらせるのだ。太陽は青年たちを殴りつけるが如く熱を放ち、海は団欒に沈む心にそむくように表情をかえる。「海へ出る！」これはわが少年時においては、村の共同体のいきぐるしいまでの浸透をもちこたえることが困難なとき、「一人になる」ための絶好の自己への励起だったのだ。鼻孔から頭の芯に抜けていく潮の匂いはなまぐさいほど少年の生理を喚起しつつ同時にしずめてくれる。内閉に汗を流しながら家系にうずくまる少年にとって海だけが外界を受感させるものだと言ってもいい。珊瑚礁を伝って沖の方へ行くと村と山脈がだんだん遠くなり、地に伏したように見える。もう欝蒼とした樹林に囲まれた家々のもたらす一種のおもくるしい感情はここまではついて来ない。少年はそれを敏感に知っているのだ。だが狩りを終え満潮になると村へ帰らねばならない。そこでたとえば獲物が少なくても家族はやわらぎの表情で迎えてくれる。少年は〈遠さ〉から還ったからだ。そして今朝までの、くり返された日常の、しずんだ感性が、不思議なにぎわいをみせ、潮の柔かい流れに揉まれた肢体が充足となって家の中にみちひろがる。

世礼国男の詩集を読みすすめていると、そういった自らの少年時と海の関わりが現在の意識に泡立ちひろがる。この詩人は海と空のうつし合う陽の営みにはぐくまれて若年の感性をきたえた人だ、ということがひとりでに感受される。

たとえば『阿旦のかげ』の前半にみられるダダイスト風の観念の破裂は、苛酷な太陽の下で意識のディテイルをならして生きねばならない沖縄の風土の兇暴さをよく表出し得ていると思われる。

ぶる〳〵と顫ふてふるへやまぬ両の手を握りしめ、
一夜、をどる胸と驚異の眼に見た火事の一生！
ほとばしる血潮は大地にふんばって空に渦巻き
新らしい焔は絶間なく湧きたち湧きのぼり
涯なき空にいよ〳〵速度を加へて突進する、
すばらしい巨漢《ヂャイアント》！　おゝ生の奔流！

（「火事の一生」）

青春は自らの美意識を消滅させることによって情念の奔騰にかたちを与えようとする衝動をもつものだ。それは同時に思想として整序された論理を嫌うものだ。その時点で青年は風土の内域をくぐっているのだと言えよう。「火事」は沖縄の夏を象徴する熾烈なイメージであると共に、それに犯されて風土を体現する青年の暗い生の暴力でもあるのだ。この優しい島のエロスに身を沈める青年が「火事の一生」につながる兇情を生きた者でなければ、現在でもみられる、風物への自己消滅として現象する、土着を仮想した風俗詩を残して生をまっとうするような人種で終ったかもしれない。だが世礼は抒情を困難にするような夏の沖縄に〈像〉を与えんとして生硬な修辞をいとわずに駆使している。この「新しい火焔」は何によって触発されたか。それは〈近代〉によって出生を対象化し得る言語の水準を生きたからだ。「文化の薄命しか眺望《のぞ》み得ない琉球に生まれた私は、現代詩などを作る資格がないかも知れません」（自序）という含羞みは、明らかに〈近代〉を、つまり自らの中に他者を形成し得た者を、出生へ向わせる含羞みであり、出自に距離を与え得る言葉のちからを信じる者の低い声で語られる自誇なのだ。火焔のイメージ、闘牛の血ぬられたイメージ、農夫のイメージ、これは沖縄に生まれて詩を書いた者が果せなかった感情の内質である。

山之口貘から八〇年代にいたるまで、自らの青春の暗い激発と風土の事物を結びつけることにおいて成功した作品は寥々たるものだ。平安座島に生まれたこの詩人は地の霊に親しく交情しつつ育ったことが推測できるし、その感性の網を情況に投げかけることにおいて、沖縄学ではついにすくいあげることのできなかった風土の肉質に言葉をとどかせている。学問をなりたたせる論理が現実の肉を消すことによる体系をくみ上げるとき成立し得るものだとすれば、世礼の詩は体系に抽象される以前の矛盾をそのまま、まるごとすくい上げようとする直接性に支えられている。「心のリズムを其儘の表現がなし得るかと言うだけに止まります」（自序）という謙虚な言葉は、実は学問では触知できない沖縄の内域に対するてごたえがいわしめているのだ。『阿旦のかげ』の前半は、そういう自らの内部に対する解析を終えた男が試みたオートマティックな手法によって仕上げられた作品群だといえよう。

もう戦後に詩を書きはじめた者にはゆけない地の霊にみちた境域、それが世礼の詩を読み終えた後に背後にたちあらわれる虚無の衝撃なのだ。貘は沖縄の古朴な思考法をもって近代を相対化し、日本の、末梢神経に病んだ精神を批判し得たが、風土の兇情を詩からきれいにそぎおとしている。だが世礼は詩の完成度を犠牲にしてまで南島の暗い内域につき合っている。私は別に二者択一をせまるつもりはない。けれども一時代の精神の現象がこの『阿旦のかげ』に歴然と刻まれていることをいいたいのだ。詩を書くとは何かを棄てることによって、その欠損によびよせられる未知の襲撃だとすれば、この詩人が、自らの秀才というよび名を棄てたことが理解できる、と思われる。なぜなら秀才とよばれるということは、日常の秩序の意志をひきうけるような事態にいたるはずだし、共同性に自らを馴致するよう自らを追いこむことは必至だからだ。そのアポリアを解決してはじめて生活圏を通過する査証を手に入れることができるのだ。

つまり生活圏から個体を離脱させ、意識を顕示する心域を破砕しない限り、秀才という呼び名を引きうけることは不可能だからだ。世礼はそれ程自覚的だったかどうかは臆測の域を出ないが、おそらく詩人としての自らを出立させるには、生活圏との離反の確執は無意識に測定されていたと思われる。それは作品を読めばわかることだし、沖縄で詩を書く者がぐぐらねばならない試練だからだ。世礼は秩序社会にみあう世界、つまり「見える」情況から前のめりにもう一歩意識をおしすすめて「幻の中を走りまわる。」（「火事の一生」）ことをえらぶ。それは私たちの生活圏の「見える」世界の向うにいきづく闇の領域だという意味あいで、風土のいまだ知られざる心性であり、ただ想像力を緻密にくみ上げることによって触れ得る境域だと言いたい。

今、病後の心にしみぐ〳〵とにじみ出る
すなほな愛の噴水を
蒼白く色どろうとする。
あゝ　肺病みの女よ！
明るみを恋ひしたってゐた私には、はしやぎ躍る胸には、
　それは
何といふ悲しい魅力でせう、苦しい一時でせう！
さらば、さらば！
私の寝床は私を待ってゐる、
黎明の夢をあたゝめて、私を待ってゐる、
さらば、女よ！

（「病める月夜」）

ここにはとりたててすぐれた文体が駆使されているわけではないが、「肺病みの女」という当時においては、死へ向い死を待つ衰亡としてしかとらえられなかった存在へ、自らの感性の網を投げかけるようにして抒情を成立せしめていることに注目したい。これは共同体の感性に反する意識であり、実体をもたない教養を、病める風土にぶつけることによって受肉しようとしたのだと思われる。近代を生きた者からみれば、出自はいつでも病んでいるのであり、その病いの深さをみごもることのうちにしか、批評の顕在する根拠はつくれない。そして女の病いにのめりこむ自らの意識を体現するとき、「黎明の夢をあためて」いる近代の自意識がある。そして終結の「さらば女よ！」ということばは、夢をあたためている近代が、病める風土へ「おさらば」することによってはじめて、自らを完遂するという背理を象徴しているようだ。その夢は果して実現したか。この問のまえで私はたじろがざるを得ない。現代では、かつて村に生きられた民たちの共感域は、それが優しいゆえに一種の病いとして捉えられる運命にあるし、そのやさしさとうっとうしさとしての風土は棄てられ、ただ明晰さだけが求められる。「病める月夜」はそのきわどい分水嶺において、どうにか風土の心性を形容し得ている。

私はいまどこへ行こうとしているか。近代の明晰さへか、それとも風土の矛盾を眠らせて個体の異化の意識をなぎたおす村の習性へか。おそらくどれか一方をめざすとき、私は実体のない意識の地獄から抜け出すことはできないだろう。近代の明晰に向って出自の暗域を衝突させ、音をあげるとき私は詩のことばをはらむのだ。とにかく風土の中で苦しむ者は、これだけの前提をくぐり抜けることによってはじめて、風土と対応する次元から言葉を放ち、詩という異境へ存在をひらいてゆけるのだ。言うなれば日常の生活に没頭する深さだけ傷つき、行方のない意識を病むとき、表現の手ごたえは生きられつつあるのだ。そういう意味で世礼は当時の沖縄で最も深く近代を病んでいた者といえよう。たとえば「悲しき児戯」はそういう自意識の原型を抽り出すことに成功しているし、戦後書かれた五〇年代のどの作品よりも、イメージの肉質において秀れていると思われる。

総なす黒髪をふり乱し、歩みより
さんらんと降りつもる日光をかい抱かんとはすれど
あゝ真昼の太陽は遂に私のものではない。
刻々と痩せ細りゆく両の手に虚空をつかみ、
執ねくも空を仰ぎたゝづまふ。
あゝ私にまつはる世間の幸福、
それらの外に私は何を求めんとするのか、
砂浜に、幼子と惚れ遊ばむとはすれど、

崩されんが為の砂の山を築き
勝たしてやるために角力はとれども
あゝ悲しき児戯、
一握りの砂の次第々々に洩れゆく如うな悲しさに
すべての希望は私にそむいて逃れさる。
そして足裏にふるゝほのかな砂の温《ぬく》みにも
私の憂は夕暮の梢の如く胸底にさゆらぐ。
あゝ　知られ得ぬ碧空の深奥に
何ものを追ふ？

　暮らしに沈む深さだけ暮しを対自化しうる。この詩人の自意識が、風土の中で自らをも景物として現象せしめる沖縄で、生活の内質を失わずに、抽象の水準を表出し得たのはなぜか。形而上への飢え、暮らしをはみ出し溢れかえる情念をよく凝視し得たからだ。当時においては稀有の例に属する。全集に寄せられた友人たち（いわゆる沖縄学に進んだ人たち）の文章は、それなりにこの詩人の人柄をしのばせるに充分だが、詩を書く者を生活の向う側までいざなう形而上への飢えを捉え得た者はいなかった。なぜなら知識できわめられるのは、われわれの生活と制度であり、個の実存の闇には到達することは不可能だからだ、といっておくべきだろうか。とにかく世礼が一巻の詩集を残して歌謡史にのめりこんでいくひとつの契機は、この形而上への飢え（共同体の彼方への意志）を持続するに足る、沖縄社会の文化の成熟が充分に遂げられていなかったし、また真の理解者のいない社会で異貌として詩魂を持続する論理の形成を、内域へ向けて解き放つことができなかったからだといえよう。「あゝ　知られ得ぬ碧空の深奥に　何ものを追ふ?」と自らに、追訊する魂は共同体のやさしさと酷薄さに挟撃されて「生きはなれ島」で生を閉じている。

戦前は県立第二中学の教頭を務め、戦後は高校の校長を務めながら、琉球音楽に関する貴重な論文を残したけれども、病いを得て故郷に帰り、そこで生涯を閉じている。一人の人間の生活としてはまっとうであり、とりたてて意味づけるような事件はなかったかも知れない。だが大正十年代にこれだけの詩意識をきずき上げ得たのは、自らを風土へ狎れてゆく方へではなく、それから身を剝離する方へ思考のベクトルをみさだめる強い自覚があったと思われる。後年の歌謡史の仕事は、そこでつちかわれた観念の抽象度に支えられてはじめて可能になったと思われる。だがそれについては今は触れない。当面の問題は詩だとすれば、私は海からの風に傷みながらうずくまる痩身の男を思い浮べればいいのか。

ともかくも松本健一が言った「体験は共有できない」といった原理は、詩を解明する場合にもうべなわねばなるまい。戦争の体験から女との体験まで、共有しようとする無謀で野蛮な情況は一度拒否してかからねばならない。なぜなら個体の体験の内域へ向って言葉をとどかせるとき、言葉は盲導犬の役わりをするからだ。すべての知識はそこでは何の役にも立たない。そしてかかる知覚をもった者のみに、言葉は〈像〉を触知せしめる。たとえば「悲しき児戯」には、共同体への親和と異和、生活と意識の結合と乖離、といった秀れて現代的なモチーフがすべて出そろっている。ここで注目さるべきは、それらモチーフを図式としてかぶせるのではなく、出自を凝視める意識の強さが自在になるとき、作者の意図を超えて、つまりモチーフは骨をさらすことなく、作品は造型されていることだ。それは修辞の技術ではどうにもできない魂の領域なのだ。戦後になって、言葉による現存の表出を手がけた私などは、「この風土には結局、個の思想は根づくことはありえないんだなあ」という思いに責められながら仕事をすすめる以外に手はなかったわけだが、世礼の詩をよんで、六〇年前に沖縄でひそかに自己の実存をみつめている男がいたのか、という思いだけではげましを感ずる。

たとえばこんな例はどうだろう。村人の優しさを充分わかっていながら、いやそれ故に、自分はあんたらとはちがう、という思いをすてきれない少年の体験、云うなれば、そこで異和の感情をもちつつ、しかもそれを自らのうしろめたさとして埋めてゆく習性は、村の少年にはありふれた心域かもしれない。ときに血縁であり、顔見知りの農夫であるだろう。少年はその異和の理由がわからずに、しかもそれが相当重大な問題であることを鋭く受感しているはずだ。そのとき人は言葉を浪費のはてに沈黙するのではなく、異化の棘を飲むようにして言葉を殺しうずくまっているのだ。

わが青春はこれらの殺された言葉を蘇生させ、異化を正当な理由として開示することが詩作のはじまりだった。そこで関係は徐々にその内なる相貌を現わす。「関係が見えはじめるとき、彼等は深く訣別している」（吉本隆明）のだ。関係が見えるということは、苦しみであり、また見えることによって「見えない」部分があることも受感するのだ。あとは修辞（美意識）を生活に激突させて倫理まで高めることだ。もうこれからは生活圏は充足したものとしては見えないだろう。痛烈な欠如として言葉を呼び入れるきっかけになるのだ。

風土の中で言葉を身ごもる者は、日常の関係から身を引く。それは決してヒロイズムを正当化する風にではなく、現存の暗域へ視線をむける風に生きられる。他者を拒絶する言葉の激発力を内部に向けるとき、「見えない部分」が無意識の波をけたてて現出する。それは論理では決して解明できなかった世界を明視化する。つまり像は、意識とたえず衝突しながら自らの位置を要求する。日常のつかいすてられる言葉たちの向うから、意識が像のリアリテに取って変られるとき一行の言葉が成立する。あとは像の衝迫力が日常をくつがえしてゆく力にまかせて〈虚〉のただなかへ突入するだけだ。そこで定かではないけれども、自らの総体が集中されて定着されるとき、到着不可能なものへの行為として詩は書かれたはずなのだ。

さて私は詩の生みだされる個体の内域に拘泥しすぎたろうか。そうではないはずだ。世礼においては、私たちのように自覚化されたかたちで言葉は使われていないかもしれないが、とにかく、詩を書くことにおいて島や生活が自らの手を離れて実体を失うという思いはすでにあったと思われる。「一握りの砂の次第々々に洩れゆく如うな悲しさ」を表現するとき、一種の感傷はふりはらえないけれども、感傷をも意識化することによって実体を賦与しようとする論理がきざしていることは否定できない。

沖縄には貘以前には、意識を対象化した産物はない、と筆者はかつて大胆な断定をくだしたことがあるけれども、（またその若年の向う見ずな断定を現在、修正する必要を感じないけれども）世礼がいたということは、一つの救いだといえよう。戦後に詩を書いた者たちは、この早すぎた近代の体現者（通過者）のみじかい、しかも衝迫のおもむくままに定着された作品活動によって、風土の中での言葉の展開をもう少し有利におしすすめることができたかもしれない。なぜならわれわれの分身が六〇年前にただ一人で風土の闇をみつめていたからだ。この詩人は日常にそむく、いやそういう現代風に捉えるのではなく、あの時代に即して言えば、「希望は私にそむいて逃れさる。」のだ。つまりこうだ。希望がそむいたのは〈私〉に対してだけれども、また、私も〈希望〉にそむいたのだ。そこに思索を深めるとき、この詩人は風土の悪意を顕在化しただろうが、それは教師である自らの在り方まで問いつめる結果にいたったかもしれない。しかしそこまで情況は内部を開いてこなかった。世礼は詩を棄てることによって悪戦から手を引いた。後年、歌謡史に首をつっこむことになるのは明らかに、青春に詩神を視た者が、自らの魂を鎮めるために、情念を抑制する方法を学問の分野にみいだそうとした結果だと言えよう。

結局、私がいいたいことはこれだ。個の内域への探索の深さだけしか、人は学問をきずき得ないということだ。されば沖縄最初の詩人・世礼国男は、どこまで自らの存在の闇へわけ入っているだろうか。

遠い遠い外国へ旅立った者の家族の
打ちならす鼓の音
彼女等の歌ふ悲しい別離の歌、
おゝわが涙よ、俺はそれらと共に
なぜ泣かねばならぬのだ……?
もっと〳〵奥底を見よ、夜のどん底を、
そこで、真珠のやうな悲みが
俺を待ってゐるに違ひない、
もっともっと深奥に眼を開けよ。

(「夜の悲しみ」)

世礼は資質において抒情詩人だけれども、時々、こういう存在論の世界へ、意図とかかわりなくのめりこむことがある。共同体に対して何の異化の意識も開かずに、癒着する現在の沖縄の論者たちは、すでに六〇年代前に書かれたこの詩によって、その意識の水準は超えられている。出かせぎあるいは移民のために離郷する者との訣別は悲しいことかもしれないが、離郷を強いる島の生からの必然と、その必然をものみこむようにたれこめる夜の「どん底」に、訣別よりも深く、島にある存在の寂寥をみている一人の意識者、それは、悲しみを情緒としてなしくずしにするのではなく、「真珠」に結晶させる。こういう詩人は島のやさしさというお誂えむきの共同性に、自らの意識を溶解し得ない。そしてやさしさは同時に視点をずらせば酷薄さにも転ずることを知悉していたようだ。ただ世礼はそれを論理として顕在化し得なかった。あるいは彼の生きた沖縄の個体に強いる意識（あるいは友人たちの意識）はそこまで自覚化されていなかった。あとは当時の日本の詩人たちが行為したように現実に肉体でぶちあたり、徐々に解体する自らの肉体の苦しみを作品にするというおきまりの道しか残されていない。だが世礼にはそれができなかった。そもそも現実にぶちあたるには肉体が丈夫でなかったし、彼の教養の質がそれをいさぎよしとしなかった。

　むろん私たちは肉体の衰弱をかけて健常者が思いもみなかった世界を現出した詩人をたちどころに呼びよせることができるけれども、ただ彼ら（中也、道造、啄木、朔太郎、基次郎）には、身体の衰弱がよびよせる空隙を意識の噴泉に転ずる内視の微底があったけれども、世礼は生まれた所が沖縄であり、少しばかり早く生まれた。世礼にもすでに「他者」はみえていたし、「他者」によって自らの存在の内域をたぐりだす「自我」は形成されていたが、現実を論理によってかいくぐっていく力線をはらむ〈劇性〉の体験がなかったかもしれない。いわば〈批評〉を身体に即して展開するための契機がみえていなかった。「真珠のような悲しみ」は島の共同体をつきぬけているけれども、もう一度、ということは、今度は全く別の相貌を呈して向きあわざるを得ない共同体への視像が抽り出されない限り、「悲しみ」は風土の周辺にたれこめる自然の寂寥に自らを解消せざるを得ないのだ。

この詩人がなぜ詩筆を折ったか、それは知るよしもないが、作品を読んで推測できるのは、自意識を縦深するよりは、風土へ、そして歌謡へ、と自らを開くことによって内閉の意識を無化し、教養派へ自らを上昇させることによって、自身が自身を噛む（言葉の表出の行為を可能ならしめる自己異化の）方法を見失い、結局、詩作を絶ったのではないか、と思われる。それにしても世礼は詩からの衝迫を鎮めおおせたわけではない。詩集の結末部をかざる民謡の和訳は、この詩人が、いかに生粋の詩人だったかをよくうかがわせてくれる。

干瀬の上になく小夜千鳥

満ち汐恨みなく声は
暁告ぐる雞怨む
わが胸に秘めし歌のごと
きぬぐ〵の空に漂ふ。

今日もまた
瓦屋森は来はしたが
恋しい君の幻ばかり
南の空の故里を
狂ひ狂ふて馳けめぐる
おゝ君よ、
狂ふた君がみ胸もて
のろひ殺せや、この妾。

「とろゝんとろゝんてんてんとろゝん」というけだるい南国の三味線の音を表記し得た詩人は、民の日常に、〈悲〉も〈喜〉も同じ水準において歌いこむ琉歌の世界へ、鬱情を解き放ち、自らを風土の寂寥と一致させようとする。沖縄の青年が知識を身につけて上昇しつつ、いつしか風土の中へ回帰していく姿は、世礼によってよく象徴されているし、ここまでくれば、人たちのやさしさにとまどいを感ずることもなくなるのだ。前の歌は千瀬に鳴く鳥と宿恋の思いを対応させ、その異化と結合によって精神の緊張度をよく定着し得ている。後の歌は、自らの懸恋の情を女に投映し、その撩乱する女の内に自らの死を願うという倒錯をよくとらえている。これらの和訳は原歌の質朴さを残しつつ、しかも原歌にないのびやかな空間を開いてみせた。

しかしこういう仕事は詩神をなだめる方法としては有効かもしれないが、同時に濃密な風土への異和を稀釈化する役割りを果したかもしれない。詩意識の変容は年齢とともに変容するけれども、それを絶えざる問いとして存在の総体を洗い直す行為を放棄するとき、詩神は私たちをみすてる。世礼がどんな劇性をはらもうとし、風土の中で自らを造型しようとしたかは、すでに開示し得たと思うけれども、詩作を絶ったことに対して、こんどはちがった側面から一つの仮説を提出したい。おそらく世礼国男が親交したらしい川路柳虹と平戸廉吉のことだが、前者は抒情を拒絶することによって現実の猥雑なリアリテに至ろうとした詩人だし、後者は観念の衝撃力によって散文的な世界を破砕して、滅裂そのものが未知を露呈せしめるような詩法を創始した詩人だ。世礼はこの二人の先行者から深い影響を受けていると思われる。

ものなべて、ぎらぐ\と燃え狂ふ琉球の八月、
赤土の森から油ぎつた稲がかげろひ
あざやかな濃緑にけぶる濶葉樹の身ぶるひや
はるか樹の間から光って見える海の孤燈、
琉球は今、幾日も幾日もつゞく
白日の火事場である。

（「闘牛場にて」）

世礼が詩集を発刊したちょうどその年（大正十年）十二月に平戸廉吉は「日本未来派運動」第一回宣言を発表している。世礼はそういう詩現象に鋭敏に反応し、よく眼をくばっていたと思われる。風土の夏を「火事場」と捉えることによって、自らのうちに眠る暴力を抽き出そうとしている。それは明らかに平戸廉吉に触発されたと思われるし、たとえ平戸にあった自己の存在の破砕までいたる方法の駆使はないけれども、〈像〉の表出としての意図は果されているといっていい。平戸は意味をはぐらかして、文体を視像の歪曲として提出したが、世礼はもっとおだやかではあるが言葉で情況をはらむ熾烈さは定着し得ている。

ただこのたぐいまれな赤裸の魂は、火事を冷却して内部にてなづけ、詩を持続する方法をもち得なかった。よくもあしくも一回きりの自然発生として自らを消尽したと云えよう。

のんべんだらり詩を書いて、ただ肉体の生理のように詩を老いさせていく者たちにくらべれば『阿旦のかげ』一巻は、それだけですでにささやかな事件であり、大正十年代までの沖縄の精神の現象の最高の水準に達していたことは確かだと思われる。ハイデッガーをもじっていえば、「文体は精神の棲み家」であるという意味あいでこの詩集に著者の生身としてのいきづかいが現象するのを否定できないからだ。

詩の対象は明確にするのはむずかしい。それは絶えず不可視へ向けて歩き出すからだ。不可能だから限りなき始まりであり、なまなかな次元で完結することを拒むのだ。世礼は詩のかかる不可能性のきつさに屈服したのかもしれない。それは詩人の意図の強さを実証しこそすれ、何も不名誉なことではあるまい。詩作――この不可思議な密室の作業は一人の人間をくいあらすほどの浸透力をもつけれども、またそれを（詩を）てなずけることも困難だ。世礼の視線は〈島〉の砂丘で内閉をおもむろに解きはなったが、彼の「うらちらさ」に応える人はとうとういなかった。そこで一つの断念を準備して民謡の中へ自らの後半生を歩き出させた。『琉球音楽歌謡史論』は世礼の民衆域への探索であり、同時に地の唄をとおしてなされる民たちへの全的な没入のドキュメントなのだ。

かくの如く琉球音曲節名には、発生地名や創始者人名に依って呼ばるゝものがなく、概ど総てが歌章中の語句又は囃子詞から取ったものである。

発生地名の附いたのは、はんたま節や島尻天川節などの如く他の同名曲を区別せんがために冠しただけのことである。だから曲名のみに依って作詞や発祥地を断定することは間違ってゐる。

例へば東江節はアガルイ節（屋嘉比工工四）を漢字に当てたもので、原歌の「アガルイ（東方）明がれは夜の明けんと思て月どのきやがよる恋し夜半」で解る様に、単に東が明るくなるの意である。

之を伊江島東江村（これも語源的には単に東の意）の歌とするのは早計に過ぎる。

引用が長くなったが、私は世礼がどれほど学問にうち込んでいたかを知ってもらいたかったからだ。「節名」「囃子」の来歴を文献を渉猟することにより、実証していく姿勢は貴重だと思われる。あの詩人がどうしてこんな実証の分野に足を踏み入れたか、不思議に思う人もいるかもしれないが、それは単なる実証ではなく歌（謡）に対する没入の深さが支えていると思われる。

昭和八年、世礼は伊差川世瑞に師事して三味線をひきこなし、琉歌の韻律を身体に感受させ、それを分析して原型までさかのぼれるのだという衝迫にうながされた研究がこの「歌謡史」なのだ。もう一つだけつけくわえると、民謡の韻に律せらせた肉声にふれることによって民の原型に言葉をとどかせうるというひそかなモチーフがあったかもしれない。先ほど引いた文章は表情を殺した論文のスタイルをとりながら、「歌謡」の源流をみさだめうる位置に自らを立たしめることができるという自信がかくされている。むろんこの文章をよんでいると、脱色した文体にうんざりするところもあるが、沖縄で土着の文化で、最も未知の領域を開いているという意味で、研究者たちにとっては貴重な文献かもしれない。そして今後、若い研究者が出て、世礼の仕事を受けつぎながら、もっと理路を明確にし、「歌謡」の肉声を立ちのぼらせる方法が実現されることを願う。

私にとっては、世礼の作品をよむことによって、沖縄の表現の最初の成果をつぶさにできるし、これから南島の精神の現象の深部へ歩み入るみちすじがみえてきつつあるようだ。そしてかつてこの詩人が「火事場の遠いどよめきの脅えを感じ」た盛夏に、冷却した火をくみ上げつつ言葉と思想をためしてみたいともくろんでいる。

（一九八〇・七・二）

金城朝永論

風の覇権
——久高島へ

言葉を失ったら
彼方へ眼を投げてみろ
遠い内部が泡立ち海になるとき
錘りになって沈んでいくのさ
島では地のうねりを渡って
思考が崩れる　ほら　びろう樹は
古代の風に向って畏怖におののいたぞ
もう　陽は放心するしかなかったのか

柔かい足裏が踏みならすと
未知の方へ道はつきすすむ
木の根が地に痛みを走らせ
道は巫女たちの円陣へ
ひとすじに伸びている　落ち葉が
素足に触れると　冷気が
傷心の空隙にやわらかに充ちる
ならば　神は卑賤であるのか！
ススキの小屋で草の葉に座し
言葉を拒絶する太陽が
ついに何ものも語らないことで
沈黙と森を向きあわせる
ならば　神はえらばれてあるか！
洗いざらしの髪を肩に垂らし
ほこりひとつ叫ばない仏壇に向い
額を上げて見えない世界へ
自らの無言をむきだしにする

いま　線香は燃えつき
灰がほろびる命《しん》を支えて立っている
三個のみかんをそなえれば
叫びよりも高く　言葉よりも強く
心をしずめる無の威嚇は清々しい
食を絶ち　衰弱のきわみを蹴って
七つの木橋を渡れば　どこへ行く
行きどまりである　いや行き離れであり
生き離れである　この一点に
神は降りるか　すでに
陽は西に走り
墨のように陰を流している
湿土を踏んで　白装束の女たちが
草の小屋にはいっていく
いやうぶすなの家を抜け出るのだ
貧困に黒ずんだ体を抜け出るのだ
そこで　妹《うない》は空腹に耐えながら

欲望を離脱して
心の虚ろに神をみごもるのか
いずれにしても婦は
髪を垂らし　塀に沿って闇の方へ歩いている
向うは見えざるものたち
が　息をひそめる世界の内臓だ
ときに　少年が畏怖にせきたてられて
闇の中へ歩みいることがある
つまり　祖霊たちの威嚇に
拮抗して　少年の破裂する感情が
成年へつきすすむときなのだ
だがたましいの中に身を沈めて
いると　陽の襲撃だ
木の枝が海草のように
執着を解いて流れる
午后　陽に水気を吸い上げられた
雲が　センベイのように割れている

少年が刺すような匂いにつらぬかれ
男になったのはこんな日だった
白装束の婦が並んで手をたたいている
肩から肩にわななきをしずめる
森の風がはじけている　不眠の思考が
いまトマトのように熟れていくようだ
見えないものにうながされ
婦の額に　兄が清めの水を撫でると
係累は遠く　村も遠く
胸の動悸にみちびかれて
神域に近づく　いま森域は
素足の踏みならす音が止み
いきなり〈不在〉が遍満するのだ
神とは　不在として　ついに
見ることのできないものの襲撃だ
誰だ　向うで「見神」なんて言う奴は！
働労と貧しさのつり合う

村の一隅で　言葉を失い
遠さに打ちすえられるとき　きみは
神という不在にわなないているのだ
いま胃の腑を空《から》にして
草の小屋に座する婦が
心域に眠る　見えざるものの
いきづきをしずめるとき
もう神になったのさ　あるいは
唐づるもどきを頭に巻いて
兄に向い合掌するとき
妹《うない》は内から　きずなを解いて
はばたいていくものを見るはずだ
妹《うない》とは何か　たとえば
貧しさの中で憎しみうすれ
海の風が　天心へのめくるめく
放心をうながすとき
じっと血の傷みをくみ上げるもの

今日も私は　神をこばみながら
嘲われる男に衝突する　つまりは
女を避けて　本に眼をさらしているのさ
読んだ本を積み上げる　その高さだけ
私は垂直に昇化《もえ》たか　それにしても
何処への帰路を歩いているのか
わからなくなるときがある
いきなり戸を閉ざすと　闇の中に
沈黙がみちわたる　眼をひらいても
閉ざしても同じ色だ　つまり何も
見えないことによって　私は
畏怖という確実な〈存在〉につきあたる
確かな衝迫に押されて
二人の巫女が浜に立っている
唐づるもどきの束をかざして
未知の襲撃に拮抗している
いや己れの内部の度しがたい

欲望を手なずけているのだ
ゆくりなくも　街の高台を歩く
と　海はせり上り　眼の高さに満ちる
欲望はいつでも眼の高さに
抑制して　遠景を開くのだ
成年はそのとき　はじめて
精悍になる　贅肉をそぎ落して
だが二人の巫女の顔はみえない
海を背にして　唐づるもどきが
古代の凪にわなないている
何かがくるんだ　いや何かがくるんだ
という思いで　島の人たちは
海を見た　昔からそうだった
いま異郷から顔のみえない
使者が来たのだ　きみらは
その顔をみてはいけない
（いつまで見ても見えないだろう）

なぜなら　きみらの中で
形を与えられずにうずくまっている
暗い分身だからだ
身のおののきを打ちすえて
苦業の終りに神は降りたか
とまれ　苦しみを共有したとき
神は鮮しい欠如として
見えないゆえに
人たちの寂寥に顕った
白装束を脱ぎ　魂を脱ぎ
白砂に座して　彼方をみる
彼方が衝迫するとき
われらは崩れゆく感性を支える
自閉に沈んで　盲目の
分身におびえるとき
われらは彼方へ思念の網を投げるのだ
これできみらは農夫に帰る

これできみらは漁夫に帰る
さあ　地酒を砂にしみわたらせろ
いま貧しさの中で　打ち倒され
夢魔にみちびかれて　眠り
の波に沈んでいくとき
いつでもきみを追いつめる
邪悪な貌が　何かということが
解るはずだ　眼を上げると
昼の空から垂れてくる寂寥　あれは
きみをくるんで沈黙を成熟させる
ところで　井泉の水で身を祓い
草の屋根に座して何日たったか
言葉にならない思いに乱れて
憑いてくる鋭い木霊につらぬかれて
無言と入れかわる発語
もう苦業は終ったのだ
木洩れ日をあびて婦らは

われ知らず　落葉を踏んで
踊り出す　五十才の婦が相好をやわらげ
少女のように敏捷になる
ああ　樹間を流れる
風の覇権！　きりもみに
空へ落ちていくような寂しさに
叫びをのみこんだまま
海の彼方を見るとき
きみらは　まれびととなって
村へ還る　異域のたましい
をみごもって家へ還るのだ

（一九八〇・八）

※比嘉康雄「神々の島」を参照した。

私はいつごろから沖縄について考えていたのか。とにかく以前は、「沖縄」という言葉をみるとなにか自分が一つの固定した壁にピンでとめられ、そこで自意識を殺して民の中へ消滅するのだ、という思いにかられていた。「沖縄」という言葉でつながり合う黙契の外へ出るには、どうしたらいいか、という意識で自らの位置を定めようとしたようだ。青春とはそういうものかもしれない。むろん大学で古典を読む素養を身につけず、ただ生きいそいだために、自らの通過した時間はいろんなひずみを生み、現実はデフォルメされて私の感性にとどいた部分が多いかもしれない。しかしそれは避けようのないことであり、リアリズムに背いて作品を書いた者のうける当然の帰結なのだ。

私はひそかに沖縄における思想の透徹を試していた。政治の情況が推移しても、それに拮抗する言葉を、未来に向ってくみ上げることは可能か、という問いに口ごもりながら、思想がほりすすむ深度を測っていたのだ。七〇年の復帰の時期、どんな組織とも関わらず、どんな友人とも会わずに、私は「谷川雁論」を書いていた。もの書きたちは復帰をめぐって論を展開していたが、私にはそういう共同なる場にうって出るつもりはなかった。

いずれにしても個の夢に向きあう言葉をつむぎだすということは、いずれは人を狂気へさそうものであり、その狂気をくぐらねば、向うの現実へ歩みいることは不可能なのだ。私は不眠症に陥り、仕事をやめて島に帰った。三年間、それは長い囚われの時間だった。その間、新聞に雑文を書きちらしただけで、詩を書かずにいた。平凡に生きるということは、何んであんなに苛酷で、規律を必要としたのだろう、とにかく私は読みなれた詩人——黒田喜夫、吉本隆明の著作——を読む以外は、毎夜寝る前に、埴谷雄高の『死霊』を十ページほど読めばよかった。それ以上は私の健康が許さなかった。その時私は、自らが朽ちていくのだ、という思いとともに、現実を許していたかも知れない。いやもっと正確にいうと、肉体と精神に同時に襲いかかった病疾は、私の存在をうちくだき、自らが課した規律によって、もちこたえる以外になす術を失っていたのだ。

だが私は谷川雁の言った「花さかぬところ」を通過し、「闇黒のみちる」ところへ身をさらしていたかもしれない。そこまでくれば、村人との関わりでフィジカルな対立などはありえないはずだし、ただ深夜にめざめていると、生きている、というただそれだけでも、人間は厖大な悲しみを消尽して進む以外にない、という思いに冷えた頭蓋をつらぬかれるのだった。

私が若年に出奔した村は、いま私の失語を囲んでたたずんでいる。村は老いたのだ。私もまたそこで老いてもいいという思いが必然として私を打ちのめした。だが私はやはり島とおり合いをつけることができなかったわけだ。少年たちは私の前で、島に在るという囚われの内向を一度にさらけだした。粗暴だった。こちらが悪意を準備しないと、彼等は必ず悪意でむくいた。やさしさなんて言葉はここでは少年たちの心理とのかけひきを前提にしてはじめて意味をもつのだ。いやここだけではない。この現実が少年を内向させるかぎり、彼らはやさしさを理解することはできない。木ぎれのように単純な暴力、それはきっかけの火を投ずれば、すぐ他者を傷つける。私は徐々に内に敵意を集積した。私が失語の虚点から回復したとき、今度は彼らの側がくずれはじめた。とうとう関係に均衡を生み出すことはできなかったわけだ。

何の成算もなく那覇に出た。私ははじめて〈村〉がある種の不可視のうねりとして蘇るのを知った。〈村〉って小さいんだなあ、島って小さいんだなあ、という思いと、この列島の歌や民俗が今までにないしたしさでせり上ってきた。人はやたらにふり返ってはいけないのか。戦争だ、村だ、土着だというふうに。まずはふり返らずに未知へ足を架ける。それは淵の上へ一歩をふみ出すことかもしれないが、青年の観念は、いつもそのように形成された。青年が暗いのはそのせいだ。だがあるとき、まるで自らの存在にそむくようにふり返る。それは現在の、というのは、根拠のない不安の切り口に未見の世界を噴出せしめる試みからみれば、ふり返るということは裏切りかもしれない。だが人は不可避の裏切りとして、詩神への反逆としてふり返る。ふるさとという世界、村といううずくまり、そこへ歩いていくとき、人は蕩児としての許されない眼たちを意識しながら、ふり返る。私の島への思索、村への執着は、そのようにあった。

だが沖縄という、なにもない世界に、たえまない波のみがいた小石をつみあげるように根気のいる仕事をしている人たちに当ってみたくなった。金城朝永という学者も、そういう南島のまずしさをよく生きつくした一人だと思われる。

いま、やはり、山内氏によって、明治末期に田舎（旧中頭間切恩納村）の女神官のノロから採譜した、ウムイの謡い方を、王府直系の男神官の安仁屋家伝誦のオモロと、比べてみますと、明らかな相違が、認められます。
官撰の『おもろさうし』のように固定性のある文字で書きとめた安仁屋系のオモロでは、歌詩そのものが正しい点は、たしかに文字を知らないで単に口から耳へと謡い伝えられる永い間に、誤りの生じ易い田舎祝女たちのウムイに、優る場合が多いのには違いありますまいが、謡い方については、むしろ地方のウムイが、沖縄古謡の固有のメロディーを、割合忠実に保存しているとして考えてもよいのではないでしょうか。

（「琉球民謡の起源と変遷」）

こういう文章の姿勢は、無理なく抑制された精神から流れ出すものだ。これだけから少くとも二つのことが抽き出せる。民謡は伝えられるうちに、どんどんその古型を失いつつ次々に生まれ死にゆく民たちの、その時代のもっとも単純で共有し保る感情を盛りこむものだということ。云うなれば何十年に、あるいは何百年にわたって民たちの無意識の推敲によってでき上る作品だということなのだ。次に民謡はなによりも肉声の表出としての唱法として辺塞の民たちのなかに古朴なひびきを保存するという確信。この学風は少なくとも、近代の市民社会の文化を通過することによって獲得された教養に支えられていると思われる。そして古代を研究する者が、その学問によって自らの思想を展開することが可能になるには、まず、研究者自身が、自らの風土を対象化するにたるきっかけがつかめなければどうにもならないからだ。金城朝永の論理が明晰なのは自らの存在がよく見えているからだ。それから土着主義者の、胃にもたれるような文体から可能な限り距離をとり得ているのは、おそらくこの人の表現に対する謙虚さと自信によると思われる。

つまり対象に語らせること、感情を抑制すること、私が全集の上巻をよみ通したとき、感じたのはそんなことだった。山もなく、巨大な建築もない、そして現代のわれわれからみて共同体から自立し得る文学者を一人も生まなかった沖縄が、いわゆる空と海の間の空隙を流れていくようなひびきを再現するように、実証の方法は私たちの関心を島の古代へさしむける。それはまずしい、しかし日本が自らの文化を、現在の意識で再構成するには、多くの相克する力の関係をかきわけないと、その原像がみえにくいのに対して、沖縄は成文化された文化のまずしさにうたれて、眼を前方の海に放てば、古代の人たちの感性に参入することができるのだ。

たとえば〈祈り〉という心域はどうだろう。私は若年にはそんな心域に達したことはないし、もしそれに近い言葉を探せば、〈願望〉であり〈渇望〉であった。願望や渇望は普通何らかの対象に向けられている。つまりそれがいかに不可能でも対象との緊密な関わりにおいて言葉はいくばくかのリアリテを保証されているわけだ。ところが心身ともに病いにおかされ、それを癒すために母が御獄を回り、私にマジナイをほどこすとき、それを拒絶することができなかった。むろん私は神を信じていない。しかしその時ほんとに〈祈る〉気持になったのだ。対象がないこと、無神であることによって私は自らの閉ざされている内部を露呈しようとした。その時母を理解できると思われた。云うなれば古代の村人たちが貧しい現世から言葉を成立させようとしたとき、彼等は空を仰ぎ、海に思念を放って言葉を破裂させたのだ。言葉はその成立において、生活という無言を生きつくしてはじめて、自らの存在を顕示するものだとすれば、すべての日常のプラグマチックな思考の終るところで、彼方の見えざる空白に身をのりだそうとしてくびれる発語、それを私は祈りといいたい。以後、私は古代が少しずつ見えるようになった。もっと正確を期するならこう言うべきだろう。私は自らの存在の内部にひそむ古代人たちと共有し得る部分が見えはじめた、と。

そういうきっかけに押されるようにして私は、沖縄に関する学問への関わりを深めていったのだ。金城朝永の『異態習俗考』を読んでいると、まずしさと残酷さにたたかれながら生きてきた私たちの祖先たちをまのあたりにする。たとえば毎年、新聞に特集される戦争の記憶の反芻は、それはそれなりに、現実の核心を探ろうとする筆者たちの意志はうかがわれるけれども、どうも彼らは事件として伝説化するあまり、自らの日常の感性のリアリテを殺していはしまいかと思われる。それよりも民譚をひもといて、戦争というものが、いかにわれわれの心域の必然によって惹起するものなのかを考察する一人の苛烈な実証家ぐらいは生まれてもいい、と思うがどうだろう。

たとえば『異態習俗考』の中の食人鬼ビーン一族のくだりはどうだろう。それは一三九〇年頃のことで、エジンバラの寒空で起った出来事だ。労働をいとい無為に生きていたビーンが村の娘と結婚しようとしたとき、親戚の者たちに反対され、村をとびだした。逃亡の途中、飢えにつかれたこの男女は食えるものをさがしたが、とうとうみつからず、洞窟をねぐらにして強盗をはたらいた。そのとき殺した人を、灼けるような飢餓の果てに手をくだしたのだ。つまり弑食したのだ。不毛な荒野の洞窟でビーンは人間の耐えることのできる飢えの限界をこえて、そのとき、きわめて自然に鬼と化した。あとは食がつきればまた同じ行為をくり返し、二十五年のうちに千人の旅人を血まつりにあげている。その間に十四名の子供を産み、彼等もビーン夫婦と一緒に人間狩りをするはめになる。

私は「食人鬼ビーン」を読んで人間の絶望、われわれの想像力のまずしさを知った。私は二十代に大岡昇平の『野火』を読んで、人間という存在の暗黒を透明な思索で解明し、なおいっそう困難な問いへ読者をつれて行く作者の徹底性に打たれ、青春のロマンチシズムから卒業したと思ったのだが、「人間は同じ人類を自らの手で食う」ことは許されるのか、という問いを、自らの内部に沈めながら、やはり明確な答えは不可能だった。いま「食人鬼ビーン」を読み終って、人間は（たとえビーンが野蛮な生活で育ったにしても）、同じ人間を食うことがあり得るし、いまはこの事実の前で、善意の平和論者たちと袂を分つ、とだけは言っておきたい。

むろん現代の戦争が「ビーン一族」の事件と同じだとはいわない。しかし戦争を支える人間の心域には、こういう救抜の不可能な暗黒がひそんでいるとだけはいってもいいだろう(私の知っている人肉を嗜食した人たちはすべて戦争のさなかでだった)。世界の文学はあからさまなかたちで、そういうテーマをあつかわないけれども、人間は救済できるかという主題を無意識のうちにかかえこんでいると思われる。文明社会は古代人みたいにあからさまな殺意は行使しないけれども、それは合理性という力で殺意の行為からなまなましい残酷さをかくしているにすぎない。

こんな平穏な社会でも、日に日に人は殺されているし、私たちはそれに不感症になっているのだ。それはときに法律によってであり、ときに資本の支配においてである。その死にいたみをおぼえなくなるとき、私たちはみずからの心域にひそむ残酷さ(他者を消滅させて自らは生き残ろう、という傾向)に手もなくやられているのだ。

たとえば現代の平和論者たちは『異態習俗考』の中の「食人鬼ビーン」を読んでどう思うだろう。ただ悪を外部にしつらえて、自らの善意をうりものにしているきみらは、このビーンのような酷薄な心域と無縁といえるか、どうか、私はそれがききたい。飢餓は人間を変貌させる。いや自らの中にひそむ悪への力をよびおこす。それは周囲の他者へのおそれの感覚を失うことによって、他者を傷つけることがなんでもなくなる。また他者を抑圧するためのどんな権力でもよびよせる習性はわれわれの日常の職場でもみられることだ。

金城朝永の文章は人間の暗黒をみつめて可能な限り澄んでいる。この人には、学者にありがちな偏狭さがない。そして彼の学問を支えているのは、今生きている人たちへの熱い視線だ。専門の言語学だけでなく、世界の文学作品のおもなものは、おおかたよんでいるようだし、専門家にありがちな、堅さをまぬがれている。「琉球に取材した文学」という力作がいかに深い関心で広く調べているかは、一読すればわかることだ。それは沖縄の出身で、文学にたずさわる者が、いかに自らの風土を展開しきれていないか、というまっとうな批判をひそませながら、寛大な眼で、日本という水準において作品を展開し得る才能への期待によって書かれていると言えよう。

確かに伊波普猷が沖縄を古代から現代にいたる壮大な遠近のもとに切り展いた仕事にくらべて、文学はまだ自らの作品を突出せしめていないことは事実だが、しかし私は金城朝永の善意のはげましにとまどいを覚えてしまう。なぜなら、文学は、その社会の成熟をまたずに彗星のごとく表われて消えるものではないからだ。では社会の成熟はどのように到来するか。まず私たちの生きてきた歴史を古代までさかのぼり、自らの存在の中に位置づけることによって、風土を展開しうる眼をもたねばならない。そのためには共同体から身をのりだし、一人という個へ歩きはじめる近代を生涯のある時期に生きつくしていなければならない。私は山之口貘にそのいちぢるしい先行者としての例をみる。なによりもまず

――貘は強靱な個人だった。そして都会の大衆の共同の意識からさえ彼は身をひいて一人という存在にふみとどまった。そういう意味で――戦後書かれたどの文学作品も貘の詩を超えてはいないと思われる。

むろん、今の私たちは生活者がそのままで時代の批判者たりうる時期には生きていない。

独特な歴史と文化を有していた沖縄は、また文学的主題たり得る資料に恵まれていると考えられるのみならず、一方ではかの有名な米国の奴隷解放運動史上重要な使命を果したと称されるストウ女史の『アンクル・トムス・キャビン』や近くは水平社運動の啓蒙的役割を演じたと伝えられる島崎藤村の名作『破戒』に取り扱われているものに類似の事柄、沖縄人に対する偏見や誤解が全く消え失せているともいえない現状においては、なお文学の形をとって世に訴うべきものが沖縄に関しては多いといえる。

（「沖縄に取材した文学作品」）

良質な教養派と言えるのはここまでで、これから先の方は自分で展開する以外にないだろう。なぜなら文化一般に対する知識はあるけれども、文学が生みだされる基底に作者のどんな暗闘がかくされているのか、という最も核心に触れる部分が解きあかされていないからだ。私はさきほど、その暗闘への手がかりとして「社会の成熟」という言い方をした。

つまり、一人の青年が自らの内部をみつめ、みつめることによって、自らの存在を対象化する思考を許す一隅が、この沖縄というやさしさと酷薄を二つながら現象せしめる地方で、確保できるかということだ。私はいまさけようもなく、貘の上京以前の作品を思い出している。

其処に通りかゝつてゐる女《ひと》よ　私《わし》は私《わし》の前を知らん振りの気まづい態《なり》で通り過ぎよう
　とするお前を知つてゐる
水は私《わし》の跫下でせゝら笑ひ　星辰《ほしくづ》はあをい光を撒らし
あゝ暗い廃頽の魔術を私《わし》にかけてゐる。しかも人々はみんな私に醜声をぶつかけて
消え去つた。
（「最後の歎願をもつて」）

この詩から、貘の後年の端正な倫理を表出した感性を予想することはおよそ困難である。沖縄で自意識を病む者は、こういう醜声を投げられ、白眼に刺されねばならない。いったい言語学や民俗学を研究する者に対して、誰れがこんな酷薄な視線を投げるだろうか。私たちはそれを共通の理解にしない限り、文学を語っても無意味だと思われる。本質的には現在においてもそれは変っていないし、また、何十年も前に書いた貘の詩（「最後の歎願をもつて」）と酷似した文体で、同じテーマで詩を書いている青年たちが多いのはそれ以

外に原因を求めることは不可能だ。ここで問題になるのは、貘はこの不透明な呪縛を東京において噛みくだし、無化したが、現代の詩の書き手たちは、この風土に向う硬直を何によって破砕するか、ということだ。むろん私たちは貘が風土の白眼にまつわる民の内域を切りすてて詩を成熟せしめたのに対し、その精神の全域を見さだめて詩を書く、という優位をもっているけれども、現在の状況は、民の不合理な内域から脱出し得ないで、詩を顕つところまで自意識を深化し得ていない、というべきだろう。

それからもう一つだけ指摘しておきたい。「沖縄人に対する偏見や誤解」を「文学の形をとって世に訴えるもの」が文学という考えはほんとは何の有効性もないということ。文学はそういう社会へ向けて自己を主張するものであるよりは、作者の内部へ向う眼によって未知の存在を造型することなのだ。たとえば藤村の『破戒』にしても、被差別部落の問題を素材にしていても、作者のモチーフは必ずしも社会へのプロテストではない。青年時代に北村透谷に会い、自意識の暗闘をまのあたりにした藤村が、透谷との共苦者としての自らの自意識のたたかいを展開するために、小説という形式が最も適していると思ったからだ。『春』『桜の実の熟する頃』は、そういう透谷の大きな影が濃密にうつされている。そういうたたかいを終えた藤村は、それを関係として展開しようとしたとき、丑松という部落出身の青年を設定する必然性につきうごかされていたのだ。水平社運動が、その作品からどんな刺激をうけようが、（それをむげに非難する必要はないけれども）それは作品の生み出された結果であって、作者の自意識のたたかい（創造の必然）とは一応無縁だといいたい。

これだけの前提をおけば、沖縄で文学する者の困難はみえてくるはずだ。貘の「最後の歎願をもつて」を書いたときの内的な情況は、世礼国男が情念のほむらにやかれて詩神を殺した情況と等価である。少なくとも、そういう意味では、両者とも風土から存在を剥離し得ていない。そしてこの二人の先行者によって象徴されるように、沖縄に生きる表現者のアポリアはまだ解決されていないのだとすれば、個の存在へ向けて風土を論理化する思考をおしすすめ、逆流を統覚する思想をみごもらねばならないだろう。ところでそういう血の濃い沖縄から東京に出たとき、貘は、沖縄ではかつて体験することのないやさしさに出会っているはずだ。東京は巨大な無関心の都市だが、また貘のような自意識に対して、少なくとも何の偏見もなく受容するやさしさをもっているだろうことも否定できない。そうでないと、どうしてあんなに、貘の詩が自在な批評をユーモアにひそませることができたか、という問題は解決できない、と思われる。貘は償れた。しかし沖縄に生きつづけるものは、償れるかどうかさえわからずに、まず風土の内部にたたずむ民の原域をみさだめる方法はあるのか、という思索以外に方法はあるまい。ただそれだけがやさしさと酷薄さに挟撃されて自意識を希薄にする危険から身をまもる術なのだ。

たとえばこんな言葉はどうだろうか。「沖縄を書くのではなく、沖縄で書くのだ」というからには、少なくとも素材主義からは解き放たれている。沖縄という素材の目新しさは、いずれは事実としての新鮮さをうすれさせ、リアリテを失うものだし、「沖縄で書く」という一つの情況を形成し得るとき、そこにはより緊密な方法意識が要求されるのは理の当然だろう。それは磁場であり、磁場である限りにおいて私たちの想像力を触発して内部をひらく始点になるのだ。今はそこからはじめるのもうべなわねばならない。だが「沖縄体験」という日本の人たちの云う言葉には少しばかり異和がある。沖縄体験！　果して人はそれぞれの地方へ行ってほんとにその地方の民の原質にふれ得るだろうか。触れうるかもしれないが、問題はその体験をどれだけ自らの現在の必然として展開し得るか、というところにある。

たとえば飯島耕一の詩集『宮古』は、そういう問いに答えうる成果ではあると思うが、私などとは眼のすえ方が大部異っていると思われる。島の人たちの内にこもる者の眼に、よく飯島耕一は向き合うことができているし、また自らの鬱を、土着の裸の眼にさらして開示することに成功していると思われる。だがこの島に在って、裸の眼の中で四六時中生きねばならない私たちにとっては、飯島の島へそそがれる視線のやさしさは、どこかでいきちがいを生じてしまう。ほんとうの理由を私はまだ解明しているとはいえないけれども、こういってはまずいだろうか。飯島の南島に向ける眼に、近代を追いつめていってても、そこからはただ自意識の劇しか抽き出せないとすれば、いまだに近代に透過されない部分を残している沖縄は、一つの予定調和へ円環する世界として夢みられていはしないか、と思えるのだ。飯島の詩がすぐれていればいるほど、私はおよそ逆の方から詩に向っているのだ、という思いを否定できない。むろんいくたの矛盾を眠らして混沌そのものが同時に一つの安定感として生きられる沖縄は、そこで生きつぐ者にとっては、彼の自意識の劇が、肉感を喚起して、びしびしと応えるリアリテがあると思うけれども、また予定調和に円環する思考をつき抜けて、もう一つの未見の劇性を生む想像力の駆使がない限り、風土を出奔した、あるいは風土の中で詩神を扼殺した先人たちのわだちを踏むことにしかならないだろう。まずは個の意識をゆきつくところまで歩かせてみることだ。そこには古代があり、私たちの近代の思索をはじく物の手ごたえがあるはずだ。しかしここで留意すべきは、古代そのものを現在にそのまま露呈させることではない。いやそういうことは折口信夫のように幻視を現在の生として生きうる者のみに許されることであって、その他の土着派たちは、現在の共感域の崩壊に向き合うことができずに、古代の共同体に身をすりよせて、ユートピアを安売りしているばかりだ。確かに古代人にはわれわれ現代人には失われた、生活に向かう古朴な感情の原型が、強い単純さとして生きられているけれども、それに接近するには、まず近代の整合論理や、土着の特性とかに安住している研究者の論理は、何らかの視点で超えなければならない。折口信夫が伊平屋に渡り、島の民が三個の石を祭壇において神と交わるプリミティブな心域に参入することに成功したのは、日本の体制のしいる観念をすべて破砕するにたる論理をもち得ていたからだと思われる。そういう臨場の共有を果せない古代への回帰は、必ず現在の情勢論に足をすくわれるプラグマチックなアプローチに終る運命にある、とだけは言っておくべきかもしれない。

耳が鳴る　死の島に
今ぞ舞う　巫女ひとり
綾蝶《あやはびら》　奇蝶《くしはびら》

耳が鳴る　生で島に
脱ぎ捨てし　蝶の亡骸《なきがら》
真白ら砂《ご》の　浜辺の真昼

（「おもろそうし」）

私は最近この歌謡を詩につかった。この言葉にふれて、戦後の沖縄で書かれた文学作品の文体はすべてふっとぶんじゃないかと思った。幻視と幻聴に彼ら古代人はどうむき合っていたかがわかる。彼等にとっては、生活から一歩ふみ出せば幻視と幻聴の世界はすぐ手のとどくものだし、また象徴詩が自意識からの飛躍によって実現した「虚のリアリテ」を彼らは何のてらいもなく自在に生きつくしていたのだ。こういう謡にふれるとき、私は現在の私たちがもっている論理をとびこして、この世ならぬ境域に歩み出ていることを知る。私たちは近代のリアリズムがとうとう事実の呪縛におちいり想像力を枯死せしめたとき、象徴主義から超現実主義までの実験で、「幻想」のリアリテを証明したように、われわれの祖先たちは、すでに近代とかかわりなく、しかも〈近代人〉である私たちを戦慄させる詩句を生み出したのだ。

浜辺——。それは彼等古代人にとっては共同体の向う側に夢みられるまれびとたちの行き交う処であり、彼ら自身にとっては、自らが現実の向う側へ変貌する場所だったのだ。浜辺——。こちら側ではいつでも貧しさの中で生の原質をすりへらしていく暮しがあり、まれびとはやってきた道を通って、いつかまた去っていく。そのあとには酷薄とやさしさの交わる処しかないはずだ。私はそれを存在の浜辺という。そこではただ魂そのものの声をきき、見えざるものを見る者となるのだ。そのとき「生《す》で島」は寂しさのきわみで「死の島」に入れかわる。島人はただ幻想によって生を支え、変貌する言葉のあやしい力によって貧困にたえている。それなら、おもろ人たちの存在のくるしみは、そのまま現在の我々の自意識の果ての空隙のもたらす苦しみに架かる。もしこういう共感域を形成できぬ古代への思索はすべてむなしい、と云うべきだろう。

私が沖縄に関する学問に関心をもつのは、知識としての古代を志向してはいない。たとえば金城朝永のように自己を表出することを抑制しつつ、文献で実証してゆく、その息づかいを通して、私の詩意識がどれだけ古代を体現し、収斂し得るかという試みに身をさらしているのだ。たとえば次のくだりはどうだろう。

ある人は男の職能は単に性または生殖に関する事のみであると称して、原始時代の乱婚を唱えんとしているが、この説は幾分の真理を語っている点は否定出来ないとしても、世界のあらゆる地方、文明のあらゆる段階に在る諸民族の間における男性は、たんにそれのみに止らず、妻子を支持し保護する義務を負わされているという多数の事実が、この説を単なる理論に過ぎない事を証明していることもまた見のがせない。未開種族の間には、男子がこの義務を負担し得る能力のあることを証明するまでは、結婚を許さないという幾多の実例をわれわれに与えている。（「異態習俗考」）

一夫多妻、一妻多夫、そしてその他に考えられるすべての組み合せを、文献によって実証しつつ、ここにいたるとき、私たちは、この研究者がどういうモチーフで、世界の婚制に眼を向けていったか、という衝迫にでくわすことになる。それは人類が経てきた歴史の、気のめいるような時間に対するいらだちと、それでもこれらの習俗を現代につなげてゆこうとする意志だといえよう。私たちの祖先のある時期において、人々は確かに男女の向きあう緊張とはうらはらに、自然の驚異と、貧困が強いる制度によって、いわば男女すら何かの他律のならわしによって結びつけた時期があるのは確実だが、それらの一見、偶然としかみえない世界の未開の習俗にも、現代の男女の向き合う関係にすすんでいく、かすかなきざしがみえはしないかという思いをいだくのは否定できないことだ。乱婚の時代を想定することは、古代をただ野蛮としてとらえるか、あるいは、近代の男女が向き合う関係が生み出す地獄からの心的治癒を求めているかもしれない。金城朝永はそういう論者とはちがうようだ。古代の習俗は確かに近代の学の論理では解けないなぞを残しつつも、きっと人間の祖先は、心的関係をつくり得る存在だったのではないかという思想を支える教養が背後にいきづいている。いわゆる大きな学者ではないけれども、自意識をすてて、土着へ回帰する最近の風潮とは可能な限り距離をとり得ていたと思われる。

たとえば「モーアシビ」について書かれた文章も可能な限り明晰だ。つまり彼等南島の人たちは、そこで知りあい、そして結婚してゆく一つの社交場だった、という風に。私は金城朝永のかわいた文体には好感をもつ者だが、ここには何か陰影にとぼしい解釈があるという感をすてきれない。言うなればあまり近代の知によって解明されているので、「モーアシビ」のもつ、自然と犯し合いながら同時に、地の霊をみごもって舞い遊んでいる男女の野の匂いが立ちのぼらない。だがそれは学者と表現者を一身にかねないとかなわぬことかもしれない。今はそういう難題は取っぱらって、この学者の教養の質（柔軟的知性）を良しとし、このとざされた南島が、一つの普遍へ通じていく道を暗示してくれたことに満足すべきかもしれない。

　学問というのは、緻密な資料によって、かくれた真実を実証するという風な傾向をもつけれども、その客観性への信仰が、彼等に一種の生硬さをもたらすこともまたさけがたい。金城朝永はストーリー・テラーの資質をもっているので、素材と彼のモチーフが重なるとき、実に自在な文体のうねりをみせる。たとえば「琉球の猥談」をよんでみたまえ、それらの「話」は短章ながら、男女の関係がプチッと露出するようにしくまれている。私は読みすすめながら、ひとり声をたてずに笑い、とうとう終りには声を出して笑ってしまった。

　高校のとき読んだ『ダフニスとクロエー』を思いだした。古代ヨーロッパの太陽と風によって造型された魅惑はないけれど、沖縄もまた古代においては、性において健康であった時期があったのか、という思いにかられる。ただおしむらくは、金城朝永が足をつかって民譚を採集したら、という想像をすてきれないことだ。おそらくそのくわだてが実現すれば、民の生の原質がいきいきとくみ上げられたにちがいない。

　私は金城朝永全集上・下巻を読んで、まず一言でつくせば「リベラルな教養派」という以外にないと思った。読みものとして楽しいし、習俗や歴史にかかわるときの位置のとり方にくるいはないけれども、古代をきわめて現代の人間の本質に到達するような論理はきずけなかったというべきだろう。研究途上でたおれたのも理由の一つに数えていいかも知れないが、沖縄をひとつの精神のパースペクチブに開いていくにはそのかなめになる「おもろ歌謡」と地方に残る古謡まで、垂直に降りていく、古代の感性への接近が必要だったと思われる。だがそれを言ってもせんないことだ。わたしはそろそろ古代人の感性の産物である古謡の世界へ降りてゆこうと思う。

（一九八〇年十月十三日）

訂正とお詫び

本誌四七号の「沖縄学・私領域からの衝迫2」に引用した「耳が鳴る　死の島に／今ぞ舞う巫女ひとり……」の詩は、おもろではなく、谷川健一氏の作品でした。労をいとわず、『おもろさうし』にあたれば誰でもわかることですが、まず何よりもこの詩を発見したよろこびと、締切り日が切迫していたことで初歩的なミスをおかしてしまいました。

谷川氏の作品とわかった今も、やはりその古代を幻視する「虚」への抽象力のつよさは変らないし、文脈を改める必要を感じませんが、いずれ本にまとめるときに手を入れて収録したいと思います。

この連載が終ったころ、谷川健一論を書くことは企画の段階で射程にはいっているし、いま本を少しづつ集めています。谷川雁に詩法の力学をまなび、谷川健一氏の風土へおりていくときの遠近のとり方に暗示をうけましたが、私にとっては不思議な因縁だと思います。雁は現実の事実性を批判し、詩を強烈な「虚」の君臨たらしめているし、お兄さんである健一の詩と深いところで血を共有した作品だと思います。

お手紙を編集者から見せてもらいました。はげましと好意にみちた評価に感謝していま

す。まずは御寛恕をおねがいします。

〔一九八一年〕五月十四日

仲原善忠にかかわりつつ

1

相聞

鳩が爆発する　くぐもる
きみの尻で鳩が爆発する
陽はなだらかに平衡をくじき
立ち上る男の顔は敵意
するどく　笑み割れている　何?
いったい何を問いつめ
何から問いつめられている?

裸身のやわらかい苦しみ
に慄えて　きみの乳房が
立つ　近く　けれどもはるかに
遠い出生の村で　陽に項垂れて
針のように澄んでいる悪意
に　うずくまるように　きみの
濃い水にくるまれて閉じている
いちばん寒い夜の頂点に
はね上げられて口割らぬ
酔い醒めの空から　とつとつと
汁のようにはじける言葉
をつないで　きみの中へ降りる
何も言うな　きみの深域
につきすすめる肉の茎立ちは
不安におののきつつ　それでも
息を殺して耐えている
きみの　濡れた沈黙を刺した　いいか

もの言わぬきみの
瞳をとじた
静かな動き
それは酸っぱいほど猥褻だ
渇き　いまはそれだけが
私の軀幹を裂き　てんでに
いどむ夜の底に顫つ
見えざるものの畏怖
に　私らはためされている　まだか
きみの背は不安に柔らげ
られて反り　痛みに鳴っている
もう帰ることはできない
まだ一度もきたことのない
胸つき峠の明晰な切り岸
そこからみおろす世界の高さ
いいか　ともかく言え　意味の
終る向う側には薄明が

陽気を立てて近づいてくるぞ
苦痛の先へ伸びるきみの
手の岬　それがしぶきを上げて
突きすすんでくる　まだか　私は
汗の消尽に深く沈みながら
けものに化身する　命を
病いの軀幹に噴き出る
命をとげさせてくれ
もう世界がみえなくなった
ただ　はね上げられて
悪意澄む高さから
きみの羞恥の中へ堕ちていく
私をこばむ異質と
私のもえる冷却が　すばやく
入れ変る　動きをとめていると
いま世界はしぶきを上げて
回転しはじめる

〈瞳〉

仲原善忠にかかわりつつ

2

父について考えている。私がものを書くようになったとき、私は父から逃げること、それを果たそうとしていたのかもしれない。それは己れの内部の暗域を形あるものにし、つきすすめるための文体を身につけたとき、およそ実現しているようにみえた。今年の一月、父は九十五歳で生を全うした。それ以後考えている。それにしても父とは何だろうか、と。いまだによくはわからない。ただ言えることは、青年期の気おいに支えられた文体は、なるほど私を村の内閉から解き放つことを可能にしたかもしれないが、父なるものを超えることはできなかったと思われる。

私は父を野辺送りしながら、いわゆる普通の習わしにしたがって悲しみの貌をつくることができなかった。悲しみにくずれるのではなく、悲しみのもたらす空白が感情のくずれを支えているようにみえた。私が雑事にまみれ、何かはっとしたはずみに我にかえるとき、父はどう思うか、父はどう言うか、という無言の眼差しに刺される意識があった。それは苦痛であり、しかも心の支えだった。もう何をしても私の無様さを叱る人がいなくなった、はじめて一人になった、とさとったとき臓腑をおし上げるような空しさと寂寥を感ずる。

死ぬ二日前、義兄が見舞いにいくと、私のことに及び「マサノブの教育はまちがっていた」ともらしていたらしい。私の政治運動に最初から反対し、私の結婚に反対した父は、とうとう死ぬまで私を許せなかったようだ。今は悔恨にならない冷却と、とり返しのつかない思いに言葉を失う。

今、私は「明治は遠くなりにけり」という気持になれる。この世代の父たちは時代に対して、あるいは血縁に対して、その矛盾を引き受け、最後まで生きつくす、という徹底性をもっていたと思われる。苦悩、それは彼らにとってひとつの生をつきすすめる原動力になるはずだし、また存在を支える核になりうるのだ。

父は読書が好きで、『改造』『中央公論』『文芸春秋』などを常時読んでいた。八十何歳かの時、私の書棚から『破戒』を抜きだし、読み終えると、「日本にこんなひどいことがあるのか」と問いただした。むろん小説だけれども、現実にも「これに類したことはまだあるし、だいいち沖縄も日本の政治に差別されている点では同じではありませんか」と言うと、「沖縄の問題とは全く性質を異にすることだ」と答えてゆずらなかった。現在思うと、父の考えが正しいことは明瞭だし、セクト的な思考を払拭しきれなかった私の概括は、問題の特殊性を捨象した暴論にすぎないことがわかる。

また父は青年時代に同志を集めてユイマールーで金を集め、青年文庫をつくり読書に没頭したらしい。その時、白樺派にふれたかも知れない。有島武郎の『或る女』についてよく話していた。云うなれば、農夫の閉塞性から抜け出て己れをつきすすめていたと思われる。また無神論者で、村の祭祀にはそれ程関心をしめさなかった。それは生活におろし、血肉化されているので頑固さとして家族にはけむたがられていた。しかしその強さは極限の状況で明確になる。第二次大戦のとき、米軍の上陸の報が伝えられると、教師の妻が自殺するんだといって、村人になだめられて山にこもっているとき、父は自分一人畑に出て仕事をしていた。米軍は女子供を通路に整列させて戦車で轢き殺す、という流言を父だけは信じなかった（父は南米帰りである）。いずれにしても、爆弾に当って死ぬ前に栄養失調でたおれたんでは、父としての責任のとりようがない、と言うのだ。父とは家族という果実をみのらせるための肥料である、といった思想家がいるけれども、明治生れの父たちまでは、犠牲という他者にしいられた観念にとらわれることなく、家族のために生き死にを択べた最後の例かもしれない。

それを父の権力といってもいい。貧しい時代を生きぬくには父の意志は一種の権力として家族に感じられても不思議ではない。戦前の村は国家によって完膚なきまで収奪されているので、そこで生きていくには、いや家族を引きずって時代を通過するには、父の権力を受容し、それに協力する以外に手はないかもしれない。たとえば使用人たちにはいくぶんきつい主人だった（わたしたち家族にも）かもしれないが、また徹底して面倒をみる主人でもあった。

葬式は一月廿(二十)八日、小雨の降る日だったが、村人総出で行われた。骨をひろって壺に収め、胸にだいて車に座っていると、火の熱が伝わり、透明な悲しみにみたされた。生涯とはそんなものかもしれない。人が死ぬとは、きっと生者たちに充分に納得がゆくものではないかもしれない。確かに悲しい。しかし〈死〉まで到達しない。その行きばのない感情に方向をとりもどすには、またひとつの時間が必要だと思われる。

清水昶は私を「土の蕩児」と名づけたけれども、父にそむき、已れの心域を展開するには、こもれるやさしさとして私を規定する家系からとび出し、一人になる以外にすべはないと思われた。そして、そむきの分だけ私は苦しみ、傷を負ったこともたしかだ。ただ明治の父を已れの心域において超える（殺す）ことはできなかった、という意味で、「土の蕩児」という名称は正しいと思われる。

父の支配を已れの内部において殺せない蕩児は、この現実で上昇し、ひとつのきわだった地位をきづくことは困難なはずだし、ただ家にまつわる記憶を媒介にして、已れの夢を展開する思索にやせる以外に自己の存在へ到達する方法はないかもしれない。父の支配を已れの内部において殺せない奴はたぶん溺愛された者の心的な痼疾の中にあるのかもしれない。私の兄は若いとき父と対立し、別居しているし、私に対しては、ただただまなざしでくるむとでもいえそうな関わりだったらしい。

たとえば私がまだ幼少の頃、父はどこへ行くにも馬に私をのせていた。悍馬が好きで、それを調教するのを楽しみにしていたが、ある日浜辺を通っていると馬があばれ出し、落馬してしまった。父はとびおり私を抱き上げてしばしの間泣いていたらしい。

私はそんな父が好きだ。理屈癖があり、他者とのかかわりで拒絶と親和の明確な父は、家族をはらはらさせたが、ときに私の落馬のときのように内部のやわらかさを誰はばからず露出することがあった。

私はそんな父の支配を、己れの内部において殺すことは到底できなかった。父を殺す（超える）のではなく、父から出て行くのだ、と言いかえた方がいい。私の青春は現実を拒絶して思索そのものを掘りすすむ邪悪な習性をそれ相応には身につけたかもしれないが、そこに一種の軽さがあるとすれば、結局は蕩児にすぎなかったということになるのかもしれない。

なぜ私は己れの出生について書いたのか。それは私だけではなく、この島に生まれた青年たちの心性のひとつの特質を表わしているのではないか、というひそかな思いこみがあるからだ。本島に出ても事業家になったり、社会の指導者になる者が少なく、なにか生活そのものに身をしずめて、自足している風な生き方は、また私の内域とよく対応しているように思われるからだ。

仲原善忠の本を読んでいると、それをきわだたせる人物が造型されている。

○おもろさうし十一ノ十三

ふくじ　ぎまの　しゆよ
よかる　ぎまの　しゆよ
おもい　こて　げらへ
又うねぐすく　げらへ
大ぐすく　げらへ
又かさすわかてだよ
まものわかてだよ
又いしぢやうは　たてて
かなじやうは　立てて

（大意）
ふくじ儀間のしゆは（儀間のおひやは）
立派な儀間のしゆは
宇根城を造って（登武那覇城ならん）
大ぐすくを造って（右の対句）
かさすわかてだは（若太陽は）
まものわかてだは（神人なるわかてだは）

石門を立てて
金門を立てて

右のおもろ歌謡でわかるとおり、かさしわかちゃら（がさし若按司）は、私の村の背後に眠る登武那覇城の主だが、美貌と智力に秀れた青年で、いわゆる古代の共同体に夢みられたカリスマである。

彼の母は伊敷索按司の妾で粟国島の生れ、「わかちゃら」は姿美しく威勢すぐれ、神寵人心共にあつまる。登武那覇山に築城、その主となる。父、彼の神寵あつきをねたみ討ち亡ぼさんと攻め来る。わかちゃら防ぎ戦い寄せ手の軍勢を斬りなびけければ、父はただ一騎になって逃げ「たい原」の深田におちたるを助けおこし泥土など洗いおとし伊敷索城に送る。

（仲原善忠「久米島史話」）

日本の古代は父子、兄弟、血で血をあらう惨劇でつづられているが、この若い王子は、どこかわれわれの心域に眠る闇にまっすぐ向き合っているように思われる。なぜなら現代においても、己れの先行者を無意識に想定して（父として親和し背反して）彼を、とるにたりない俗受けする観念で殺し、己れの位置を獲得しようとする者がいるわけで、人類は何ら進歩していず、いや思想とか芸術という観念でかくれている分だけ古代人よりまだ始末がわるいわけだ。私は登武那覇の若ちゃらのもっている関係の内にある風貌は、己れの内にある関係のきつさと哀しさをうきたたせる力をもっていると思われる。そうでなければわざわざ歴史上の人物とつきあう必要はないし、また英雄伝説におだを上げる愚かさから訣別する方途もないわけだ。

この若き城主は父にそむいたのではなく、妾の子である故に心的に追放されたのであり、己れの美貌と智力によって父よりも大きくなったのだ。もはや彼は父の支配を心的に殺す必要はなく、ただ己れの力を展開すればよかったのだ。しかし古代においては力というものはその展開において他者を滅することによって実現するものだし、父王がそれに畏怖を感ずるのは、当然のことだ。若ちゃらは父の軍勢と戦うけれども、父は殺せない。そこにはすぐれて現代的なテーマがかくされているかもしれない。つまりたたかいは人間的だけれども、相手の抹殺は己れの関係へのモチーフを殺すことになるからだ。こういう若ちゃらのような人物は政治で必ず亡んでいく。歴史とはこういう人物のとげざりし意志を内部にかかえながら進行するものかもしれない。あるいはこういいかえよう。歴史を表現しようとする者は、こういう政治の死者たちの無言のまなざしに射られて、現実の内域へ降りていく行為かもしれない、と。

この視点に立てば、現代でも政治の深層には、かかる死者の声がついに表現の水準にくみ上げられることなく、埋もれていることがわかるはずだ。そして現在においては関係に最も誠実であればあるほど、そこで言葉を発せずに（殺すことによって）沈黙を完成する根拠とし、ただ内言だけを育てて、それがあたかも根拠のない妄想であるかのような心域に己れを追放する人間はいるのだ。政治はそういう内言だけいだいて死んでいった無数の庶民によって支えられているわけだし、九十九匹が救われても、あとの一匹が救われない限り、この世の不幸は終らないわけだ。なぜなら九十九匹は共同性として救われることだし、最後の一匹は魂の証明として生きられなければ救われないのだ。

社会科学、統計学、それらはすべて内言の死滅の上にきずかれた数字であり、私たちは、決して数字で表わせない、個の異化の意識を、そのディティルにいたるまで感受するとき、はじめて存在の声を立ちのぼらせるのだ。

ところで、わが沖縄の歴史はそのとげざりし無言の意志を、時代をへだてて露呈するものだ。話をもう一度、美貌の若按司にもどしてみよう。

その後わかちゃらはいろいろ悲しみ遂に母の島粟国に渡ろうと考え舟を出した所暴風に逢い船は御がん崎で破損、幸い命は助かったので下り口と云う所に来てしばらく留っていると、宮平《ミレー》人は気の毒に思い粥を持って来て上げた。所が「へとう」と云う人は悪心をおこし、伊敷索に駆けつけ、このことを告げ、急ぎ討手を遣わすようすすめたので、またまた大勢の兵隊を差し向けた。若ちゃらはまたも防ぎ戦い敵兵を切りころしたが自分も傷を受けたので、面目ないと考えとうとう自害されたと云うことである。

（仲原善忠「久米島史話」）

この王子が妾の子であり、美貌であるということに注意したい。妾の子という者は家系からはうとまれたものであり、それゆえに嫉視と蔑視によって輝くものなのだ。そしてその王子が力の保持者である場合、家系とその一族によって拒絶されることによって、ますますその異貌をきわだたせるものだとすれば、彼は古代の民衆たちのとげざりし意志を象徴する、美と智の頂点でなければならない。

言うなれば現世にありつつ現世（父王）を超える力をそなえたまぶしい存在なのだ。こういう王子は、歴史の事実をはるかに逸脱して、それが美貌と智力の象徴であるわけだから、またこの世の事実性の支配する世界では死なねばならぬ運命をになっているのだ。美しき者は殺される。美しき者は他者を殺しえぬゆえに殺されねばならない。古代から現代にわたってこの原則は変っていないようだ。ハムレットがそうであるように、源実朝がそうであるように、だ。古代においては美と智を体現するのは豪族であり、貴族であったが、彼らがその力ゆえに、現実に対応する他者をみいだせず、己れの内部にまなざしをむける以外になすすべがなかったというのは真実だ。武力と武力の相あらそう戦場だけにかけられた生涯にはこういう「己れをみつめる」眼は生まれにくいかも知れない。若き按司は周囲の眼を意識し、己れのうとましさと異貌とを、この世に産みおとした母を慕う。岬の山の石に座して、海の向うに紫にけむっている母の島を恋いつつ泣いた涙が、岩をうがち穴をつくったといわれる「涙石」がいまでも残っている。これは何を語っているのか。考えられることは、父の属する権力につながる、この世の論理に加わろうとしても、その美貌と智力は、結局は異和をかもすものだし、心的に家系から追放される以外になかったわけだ。そこでさけがたい衝迫としてむき合うのは、己れの運命を定めた母であり、己れの力ゆえに別れねばならない母だったのだ。

やさしい心性のもち主であればあるほど、彼は己れの心情に向き合う者を、この世にみいだせないはずだし、出生以前のやさしい母胎へ向けて、海の青いヒダをあるいて行きつきたかったのだ。妻をもたず、父になることを拒まれた青年は若くしてすでに死をみつめていた。これは政治の論理から逸脱した者のとれるゆいいつの方法であり、死に方だったというべきだろう。

己れをよく見る者、あるいは己れを見るようにしむけられる者は、必ず己れの死に方を無意識に指し示しているものだ。彼らが己れをみつめる分だけ、政治を支える「意味」は無化され、内部に空洞をすまわせるはずだ。すべての歴史家はこの空洞に無自覚な分だけ、時代の権力の論理に浸透される。そこから時代の深層に到達することは不可能だと思われる。言葉にならずに死んでいった無言、記述されずに切りすてられた民衆の心のディティル。それにかたちを与えない学問はむなしい。

もう少しふみこんでみよう。まず誰にも知られている源実朝の歌からはじめたい。

大海の磯もとどろに寄する波
　われてくだけて　さけて散るかも

なんでこんなに海の波の細部に視線を触れさせうるのか。それはなんの意味もないのではないか、と人は言うかもしれない。しかし作者が波をみつめて、それが「もり上り」つつ「くずれ」てゆくまでを、知られざる内部の必然によって見つめていたのなら、いっさいの解釈的な論理は、その必然の強さにうちくだかれるにちがいない。人は悲しみにつらぬかれるとき、自分で気づかずにこういう、日常の時間の消滅を生きているはずだ。

おそらくそんな魂にとって海はあきずに見うるゆいいつの対象かもしれない。つまりこうだ。波の細部をこれほどまで見うる精神は、必ず内部に空洞をすまわせる者だし、その空洞と息つめて向き合う外部、それが海のざわめきだ。ここまでくれば先の方は見さだめられるはずだ。この世に己れの位置はないということ。そして内部の空洞は、この「位置のない」ことに最も深い根拠をもっているはずだし、空洞をおいつめていけば、「死」にゆきつくしかないのだ。

こういう人間は死者の眼でものをみているのだし、また何の変哲もない波に全存在をあずけることができるのだ。若按司と実朝が海を凝視していたということは、何かの暗号のように思える。両者の悲劇性は、武力によってこの世から抹殺される予感をもっていたことだし、その不安に形を与えるために海をみつめていたように思われるのだ。

彼らは敵の武力におびやかされながら、それを武力で解決するよりは、血で血を洗う争乱から距離をとり、己れ一個に直面する途をえらび、死が来るのを待っている。

波はくずれつつもり上り、たえず変化しつつ同質性へかえっていく。自己からのがれるために、あるいは心の惨劇を忘れるためには、波は最も深いリフレーンだと思われる。波は彼らの傷を眠らせたのだ。日本の美意識の体現者たちが、自然の生理に近く己れを馴致し得たのは、こういう明晰なたましいの劇性をよく生きた、という一面をもっているかもしれない。和歌の論理も、ひょっとしたらこんな発想で解明できるかもしれないが、いまは触れない。

ちょうど若按司と対極に位置づけられる政治的な人物について考えよう。彼の名は堂の比屋といい、主君（按司）が中央（首里城）の軍勢に倒され、子供を堂の比屋にあずけたことからはじまる。

堂の比屋はこの子を育てていたが後に野心を起し幼主の髪を結ぶふりをしてこれを殺して病死ととなえ、首里城に行っていろいろ頼み、自分を中城城主にして貰った。さて城主になった堂の比屋は得意になって真謝泊に帰り、迎えの人々を従えて宇江城に帰ったが、主人を殺した罰であったか、大門の所で馬から落ち、はいていた剣に刺しぬかれて死んだと言うのである。

（仲原善忠「久米島史話」）

堂の比屋は古代の久米島の科学者であり、東の海のよく見える高い場所に石を置き、その上から日の出の位置を調べて目もりをつけて、計算し、季節の変移を推定しながら農村を指導した人物だ。しかし、一方では政治の世界で、智謀にたけた人物だったらしい。そういう民衆からの支持をみこまれて、中城城主のすぐれた家臣になったのだ。

民衆を益する科学者としての堂の比屋と、政治的な智謀にたけた堂の比屋との矛盾を解決できずに、堂の比屋は同名の二人の人物だという説をとなえる学者があるらしい。いかにも英雄伝説を虚構する島社会にふさわしいにくめないお話だが、仲原善忠は、それを政治にたずさわる人間のさけられない状況として構成し、明晰な推理で解決している。少なくとも近代の政治を考察したことのある者なら、仲原善忠の下した結論をうけ入れざるを得まい。わかりやすく言えば、堂の比屋が主君の子どもをかくまっていれば、いずれは発見され、抹殺されることは確実だということだ。大衆に支持された智者でも、政治の場においては、己れを全うすべく、中央の権力に承認される必要があるし、そのためには主君の子どもでも殺すという必然をどうしようもない、と言いたげだ。これは古代における最初の政治的な人格といっていいかもしれない。政治は己れを全うするには異分子は排除するし、この論理で個体を救抜することは不可能なのだ。

仲原善忠の実証は無理がなく、少ない資料ながら、これを有効に駆使し、完全に英雄伝説を破砕している、といえよう。

既存の制度の悪にたえきれぬ人種のうちから、革命の悪にたえうる革命家が生れることを、私は期待できない。

（福田恒存「告白につい《（ママ）》て」）

近代のリアル・ポリティックスを追いつめていけば、こんな言葉に凝縮するかもしれない。政治が力と力のたたかいである限り、資本主義はもちろんのこと、社会主義へ向う政治集団も、この図式から自由になることはできない。そこから政治を高度な技術とみなす最近の政治学の論理にゆきつくしかないのだ。ここで力点になるのは、政治に携わる者が、自分は悪をなしていると、自覚しているかということだ。いずれにしても悪をなしていると知っている者は、己れの存在を批判し、そんな自分を超える原点をみいだせるかもしれない。だがそれを自覚しない者はいつまでも、己れの犯した錯誤から出られず、錯誤そのものを再生産する以外にないようだ。云うなればそれからの無限の遁走、まるで己れをみつめるのが悲しいことでもあるかのような、あの紋切型の語り口を破砕し得ない政治家の堕落は、それ以外に原因はみつからない。ただ福田恒存は政治の病理をみる眼は鋭いが、政治的人間をこえる思想を生みだしていない。

さしあたってこれだけは言っておきたい。政治が無言の民の言いえざる沈黙に支えられているとすれば、己れの権力意志の盲動を、もう一度民衆の内部に眠る暗域につき返し、彼らの無言の眼にさばかれることで蘇生しうるかもしれない、と。だがまたもや現実では、存在を造型しとき放つ思想よりは、テクノクラシーによろわれた学問が威力を発揮しているありさまだし、私はひとまず政治的な人間に訣別を言わねばならない。

私はもはや政治的人間に即して考える必要のない段階にきたようだ。われらの歴史は一人の湛水親方という個性をもっている。彼は官吏としても優秀だが、遊女を世話したのが露見して、政敵たちに指弾され、公職を去るけれども、学芸に秀れ、琉球音楽の祖とみられている。

共同体の掟によって人間の内面まで規定されている古代において、己れの心の指し示す世界に身を投じ、公職をおわれる頽唐を私は好むものだ。それは芸術のしいる必然であり、汚名をとげることによって、生の根底にとどくゆいいつの方法だったかもしれない。仲原善忠が他の郷土史家とちがうのは、こういう非政治的な人物を、政治の中で己れを信じている敵のいたけだかな罵言から救抜していることだ。私たちは汚名をすすがれた芸術家としての湛水に対面することができる。

数年前、山内盛彬君を招いて、たん水流の三味線の解説と実演をきく会をもったことがある。その時、不思議に深い感銘を受けた。それは清れつな水の流れが、深山幽谷の岩をかんで奔流するが如く、精気と迫力にみち、又はそよ吹く風が、青葉若葉の梢をわたる如く、清潔、甘美な感触がただよっていた。

そこにはたいはい、自堕落なひびきはみじんも感じられなかった。

（仲原善忠「湛水親方の名誉のために」）

偏見をとり去ってみれば、一人の芸術家の生は、あるいは作品は、こんなに時代をへだてて現代人の心にまっすぐにとどくものだ。政治的な人物を描くのが歴史のオーソドックスな分野だとすれば、この論文は、仲原の感性が抑制されきめこまかく展開された文章といえよう。これでわれわれは沖縄芸能史の中に秀れた風姿で立つ男をみることができる。芸術家は死後にその全貌をあらわす、といった風な天才の美学は信じなくていい。しかし一人の歴史家によって汚名を洗われ、正当な位置を与えられるというのはひとつの爽快である。

私は仲原善忠の実証にそいつつ三人の歴史上の人物をとりあげた。それはどの人物をとってみても、己れをとげざりし者として、いわば名をとげた者たちをつらねて歴史をつくる学者たちへの無言の批判として関わったのだ。

歴史の深層は「とげざりし悲哀」であり、それは充分に展開されなかったゆえに、その真実はながく後世の人たちへの黙示となる深さを獲得したのだ。美しき者、沈黙だけに己れの生の根拠をおく者は、昔もいまも苦難をまぬがれまい。美貌の王子は殺されることによってわたしたちのとげざりし夢を触発するし、また民衆の沈黙の上に蘇生する。なんならこういってもよい。民衆は己れの貧しさと幻想をつなげずに苦悶するとき、自らの手で王子を殺すかもしれないのだ。そして殺すことによって己れの幻想（空洞）を充たすかもしれない。それはひとつの倒錯である。抑圧された民衆はただ倒錯という心的な逆転をとおしてしか歴史に参加できないのだ。少なくとも権力の意志が個体をおしつぶしてすすむ限りは。民衆の暴力はそれだけでは、この世に何ものもつけくわえない。それは己れの日常の存在を破砕するものとして、つまり暴力の死滅へ向って行使されるとき、はじめて歴史の深みにひとつの声をとどかせるのだ。己れをイケニエとして、つまり殺されることによって、はじめて志をつたえる者たち、これはきわだって現代において思想を形成する者の側に属している、とだけは言っておきたい。

ところでなぜ私は、はじめに父のことからはじめたのか。それは私の実家が仲原善忠の生家の真向いだからだ。また父をふくめた彼らの一時代の濃密な時代の雰囲気を想像できると思えるからだ。まず年譜をみよう。

明治二九年（一八九六）六歳
四月、島尻郡久米島真謝尋常小学校入学、実際にはその前々年、四歳の時から学校に馴染んでいた。
四歳のとき、長兄は二年おくれ善忠は二年早く上ったわけで長兄と比嘉政安と二人がけの腰かけに善忠と政光（政安の弟）も割り込み、四人かけて居た。兄達が手をあげてハイハイというと弟達も負けずに椅子の上に立ち上ってわめき立てた。先生がうるさいと思ってか指名されると、満足してしばらくは静かになった。

（『仲原善忠全集』第四巻）

ここに出てくる政安は私の父であり、政光は叔父である。このみじかい文章から、明治の村の学校の溌らつとした雰囲気は充分うかがえる。そして三百年の樹林にかこまれた家のたたずむ古い村ゆえに、文明に開かれた子どもたちの眼の輝きが想像できる。後年父が参加したのはきっと善忠たちのサークルであり、善忠が東京へ出たあとも、続けられたと思われる。なぜなら私がものごころついた頃まで、青年の有志が家に出入りし、読書をしていた様子が記憶に残っているからだ。つまり出発において彼らは、近代に対してきわめて開かれた関心をもっていたと思われるし、読書会の知識はじかに村の若者たちの精神をつきうごかしたと思われる。

私の父の後年の生き方にも、日本の土着の民にありがちなファナティズムはみられなかったし、また共同体に気をつかう、あの自意識を馴致して人柄を円満にする習性ともちがうようだ。一方農に没頭している父はきっと他者（共同体）とかかわらぬ心域に己れの心をいこわせる方法を知っていたかもしれない。「花をながめるよりも野菜をながめる方がいい」というのは父の口ぐせだったが、それは少しばかり度がすぎていた。野菜の盛りがすぎても女たちに採らせず、野菜のみどりに酔っている父は、きっと実利とちがうところで労働を快楽に変貌させるすべをもっていたかもしれない。野の父、それは孤独であってしかも充足している。私は父に労働をしこまれた方だが、農を終えて帰るときの、あの背のやわらぎ、あの充ちたりた空白を、いまはそこへ帰れない者として父とともに逝かせようと思う。

島を出て大学にきたとき私は小説がいっぱい読めればいいと思った。だが詩や評論を書くようになったときひとつの変貌をよぎなくされたようだ。つまり私の批評の根拠はアパシーかもしれない、ということだ。あまり感性が傷つきやすく、その感性に身をあずけていれば個体は砕破するしかないという自衛の意識は青年をアパシーにつれていくかもしれない。もう人たちがヤレ遊びだ、感動だ、といっても興奮をおぼえなくなった反面、たいていのことにはおびえなくなった。若年の情緒過剰をそぎおとして、存在にいたるには、こんな過程を通る必要があるかもしれない。

そういう資質をつくったのはきっと私の村の体験だと思われる。幼年の時、仲原善忠からもらった絵本で見た、十五夜のうさぎのもちつき〈像〉はつよい印象として残っている。以後、満月になるとほんとにうさぎの像がみえる気になったりしたが、心的に奥手の私は、村の子どもたちが童話の虚構を見ぬいてあともまだその真実を信じていた。

ランプと読書と、そしてそれを支える労働、それは濃密な空気のように村人の心域を支配していたと思われる。行きて帰らず、もはや都市でマンションの箱の中で、意識のあわせ鏡のような劇におちいりがちな生活は、一つの予定された結論（死）へ向って、緻密に存在を消尽する方法を考えているような不快な感じになるときもある。

僕の考えを率直に言うと、この人達〔古代の治者、智者たち――筆者注〕をしっかり調べ、それにがさしわかちゃらも加え、神社を建てる。更に日露戦争以後の戦死者の忠霊塔を建てる。そして年一二度大々的にお祭りをやる。そして今の神人の御祭を廃する。これがよいと思う。

（仲原善忠「久米島史話」）

村の近代化というのは、それが体制に身をよせるときこういう思想に行きつくかもしれない。だが亡びゆくものは村自身にまかせばいいし、そしてこれのみが村人の心にくみこまれるのだ。村の未開の部分への羞恥はわかるけれども、それを国家の力によって打ち消そうとするのはまずいと思う。仲原善忠の思想は、村から都市へ向う往相の思想であり、村の言葉なき心域をくみ上げることに失敗しているようだ。それは彼が秀才として生きた官学のしいる、支配者の意志を対象化し、批判する契機を生涯もてなかったということだ。つまり沖縄の歴史に出没する不遇の人物たちを発掘したのは大きい功績であり、特に学問の記述における、学者のこわばりと偏見をうちやぶるために導入された、近代政治学の視点は貴重だと思われる。

けれどもその彫り出された人物たちの心域に眠る空洞まで言葉をとどかせてないことは時代の限界としなければならない。近代とは内部に空洞をもつことである、といった人がいるけれども、それを自覚しない者は、心域の空洞に国家をよびよせて完結する。私たちはその道はゆかない。己れの全体験を現在の心域の欠如を力点にして開くとき、村は全貌を表わすという想定のもとに、論理をすすめていくのだ。

比嘉春潮にかかわりつつ

1

まなざし

書くことはない
と思いながら　中心に集まる
悪意のようなもの　いまは
それに押しすすめられ　真昼
のうすい霧を流して　茎の
こわばりをほどいている野草
の向うへ　細い思いを渡している

枝で歓声をあげて鳥はむつみ　空は
あくまでも無意味の方へしりぞき
ながら　返っている　きっと
悲しみには距離が必要だ
ときには星のように冷却
することもあったけれど
微熱のような恋情に
かたちを与えず
きみの苦しみだけを明晰に
そして　むき合う私の
眼の葉脈にくるまれて
もえつきる自我の
最後の倨傲な思索の先
いまは言葉を信ぜず
それでも　言いつのる青くさい
青年の抗弁を断つ
いいか　瞳はものいわず

沈黙をたたえて完結している
もうきみの熱にみちびかれて
夜の無秩序へ行った少年は
帰らなくてもいい　帰るところ
は　はじめからなかったんだから
昼の白い虚ろへ　私は
いっさんに落ちていきたい
森を見る　昼でも森には
闇がすんでいるから　私の
心を支える闇とつり合っている
きのうは憎しみに追跡され
街の内域へ消える
路地を歩きつくした
神をしらない私を
遠くから注視めるのは
きみ一人だった　スペイン風の店の
風に洗われた　あの場所で

ものいわず　それでも平衡を
たもつ　不安の心域は
ほんとはきみの無言に
支えられていた　汗は
二人の悲しみへいたる消尽
を計り　昼の放心に
沈みえぬ不充足は　たった
ひとつの明証だった　酒に
沈み　透りながら　夜の
先で眠ってみたい　それでも
ひとまず　よみがえりもない
虚ろにみじろぐ　悪意を
緻密に抑制しながら
アヴェニューに飛び出し
歩きはじめている

〈瞳2〉

2

青春とは何だろう。それがより多く私たちの不定型の心域の問題にかかわるとき、問いは不毛性にうちくだかれる危険をもつけれども、また不定型な心域は問いによって励起されない限り、身を起すこともないのだ。こういう設定はどうだろう。青春はその出立において近代とどのように関わりえたか、そして明治以降、日本の青年は近代との確執の度合いにおいて、おのれの出自の展開がはかられるのだ、とだけは言っておくべきかもしれない。私たちは表現者の著作集などを読むとき感じないだろうか。少年期から青年期にいたる肖像写真をみるがいい。必ずその顔は父母や出自から、可能なかぎり遠いところへ、つまり異邦性の方へ澄んでいる。別の言い方をすれば、彼の顔は父母との異質性へむかって成長しているということだ。しかし齢を重ねるにしたがって、その顔は父母を髣髴させ、出自を明確にしつつ、風土の風格をそなえて達成される。これはきっとすべての表現者に言えることだし、あるいは表現者の心性に到達する力をもっていると思われる。そこで異貌へむかって成長する青年を、その出自との距離ゆえに裁いても何の意味もないということだ。それが青年の身体における必然ならば、ひとまずうべなったうえで、彼の精神のゆくえをみさだめてみるのがいいではないか。そして老いることによって血縁をうき立たせる容貌になったからといって、土着のかけねなしの顔をつきとめて安心しても詮無いことだ。人はその変貌と成長を、そしてその矛盾を、矛盾として引き受けるとき、きっと精神の深部にとどく方途がみつかるかもしれない。

人は自分の青春を、通過のあと、どう捉えるだろうか。あの倨傲、あの激発、それはきっとひとつの無知、ひとつの混濁によってつきうごかされるのだ、と。それは半ば当っているが半ばまちがっている。彼らが現実を視野に入れて論理に収束していない、という意味合いで当っているけれども、彼らがおよそ生涯を展開するモチーフを発見し得る、という意味合いでまちがっている。無知、それは否定すべきだろうか？　私はそうは思わない。無知ということは素手で世界の悪意に直面するという意味合いで、彼の全精神を集中して生きることを教えるはずだし、混濁は、それが青年の矛盾した心性の厚みと深さを示しているゆえに、存在の激発する力動におのれを拉し去る力をもっているはずだ。ならば青年とは多くの矛盾と欠陥をもちつつ人間という存在を、おそらく根源の問いにむきあわせる、またとない好機だとはいえまいか。それは生きる意味であり、あるいは生きる無意味であり、異性であり、世界である。きっと青年は一度はこういうキーワードを愛用するはずだし、わずかの読書で得た知識で、手づくりの解答を出してみるかもしれない。言ってみれば観念の積み木遊びでありながら、おそらく生の深部からわき上る暗い力をてなずける方法かもしれない。

人は暴力という。無知であり、混濁である限り、暗い内部の力は必ず暴力を生むわけだが、それはまた自然発生である限り、おのれを発顕する力にはなり得ない。観念の浸透に完膚なきまでひたされるとき、暴力は想像力をつき動かす要因になりうる。暴力が身体の激発であるなら、夢に、無意識に振盪されるとき、必ず暴力は存在の根底をめざすはずだ。がしかしそれはもう暴力という必要はないし、人生を構想する力、精神を虚のうちに形成する力動になるばかりだ。暴力の事実性をそこまで高めないとき、一発で人生を決しようとする鈍さにとってかわられる。人生は青春で終るのではない。しかし多くの青春は、その時期にすべてを投入することによって燃えつきようとする。青春に自殺者が多いのはそこに理由を求めるしかないようだ。それは他者の介入を許さない点で自意識の独裁であり、おのれを存立させる根拠まで切りくずさないと止まるところを知らないという点で独裁の死滅である。その徹底性を人は青春といっているのだ。

私は比嘉春潮の日記を読了したばかりだ。おそらくここには、沖縄で最も良質な散文が生み出されている。沖縄がはじめて近代とであったとき、真摯な確執が展開されたことは記憶にとどめていい。『沖縄の歴史』を読んで、その構想力と感情を排除した記述に、学問の手ごたえと、論理の骨格を受けとることができるけれども、この人は学者らしい居ずまいゆえに取っつきにくい人だと思っていた。ところが日記を読みすすめているうちに、私は沖縄もまんざらすてたもんでもあるまい、という感慨と、学問に到達する前のそれゆえに現実の総体に身をさらして孤独なたたかいを持続しえた魅力的な青年を発見した。戦前に書かれた沖縄の散文はこの日記の前で色あせるだろうし、またこの日記におさめられた青年の内部の対話は、散文をめざす、沖縄の青年たちにうけつがれるにたる根源性をそなえていると思える。すでに知られている登場人物たちがあり、時代の推移がやわらかい魂によって受けとめられているし、小説よりも面白い。それはそれとしていまは歌からはいってみよう。

幾年《いくとせ》も花咲く春を待ちにけり
ただよふ草に心おきつつ
誓ひてし身ぞおろかなる何事も
信《まこと》を守る人のなき世に
（「大洋子の日録」明治四十一年八月十七日）

私は何を書けばいいのか。平凡な愛の破綻と思えばいいのか、青年のいなおりと思えばいいのか。「ただよう草に心おきつつ」おそらく作者は青春の構えを解いているのだし、またおそらくそういう心域は相手の女性とは共有しえないものだと考えられる。他者は理解せず、他者に理解されようとも思わない心域におのれを追いやっていると思われる。「信《まこと》を守る人のなき世に」という一行は女性と自分を同時に否定しつつ虚空にかかる橋から一歩ふみだしている。青年はきっとこういう言葉によって共同体からも女性からも身を切り離しつつ精神の命ずるところへおもむくかもしれない。「人怨むことは罪悪なり」と言葉をそえているように、おのれの対応する者（女・家・世界）から身を殺ぎつつ未知へ到ろうとする者は、優しきもの、共同なるものへのそむきとして充分に自覚されているので、それは「罪悪」であり、おのれの存在をさいなむ刃となるのだ。いや自意識は現われとしては他者をめざさず、おのれの存在を斫断するものなので、すでに悪をこえて善悪の彼方へとどいている。それゆえ自意識は関係としては悪でありつつ方位としては善悪を凌駕している。戦後の沖縄の青年たちは、この自意識のしいる劇を通過しないで、個体の向うへ抜け出ようとするから、風土の湿性にからめとられてしまうのだ。明治の青年たちはおそらく近代を風俗としてよりも、生を構想する激発として存在の内域に直面させている。

　ところで青年たちは女性をどう見ているのか。おそらくおのれの内部からきざしてくる暗い力を映しているのだし、その暗い力を彼女にみごもらせるのだ。しかし女性はどう思うか、青年はしらない。知らないゆえに自意識という球体にとざされて、夢想という虹を吐いているのだ。それは身勝手であり、身勝手である限りにおいて純粋である。青年は夢想によって絶対をめざしている。夢想であるから、それは現実における確固とした根拠にはなりえず、それでもそれを絶対という永遠性に架けようとする。もろいガラスだけで不壊のモニュメントを築こうとするものだし、暴挙である限りにおいてこれより狂気じみた情熱はない。すべての表現はおのれの内部にこういう不合理な情熱をかくしている。青春のロマンティシズムがもろいようでいて実は彼らに信じられる強さにおいて普遍性をもっているのはそのためだ。そこで他者をかえりみざる自己への没入を悪としてあげつらっても何にもならない。自意識として生きられるとき悪は明晰であり、明晰であるなら、存在の混濁を蹴って美に高まるのだ。「信《まこと》を守る人」がいなくても青年は絶望しない。彼らはきっとおのれの観念をきずいてそこに住むことができる。そこは可能な限り日常の空気が希薄な所であり、虚無そのものが濃密であるので、精神との均衡は保たれている。

吾が思想は一種の厭世的のものなり、功名を好まず、肉欲を禁じ、人の僕たるを望む、されどこれ、実に今の滔々たる濁世を厭ふのみ、世を厭ふにあらず、世の改まらんことを欲するのみ、されば厭世に非らず、四海同胞互に相愛する世を愛するのみ、されど人は言はん、斯くの如きは、これ空想のみと。

（「大洋子の日録」明治四十一年九月十九日）

ここにはそんなにまあたらしい思想は提出されていない。青年がおのれの内部の暗い力を言葉に造型し得ないとき、というのは、現実の「滔々たる」力に拮抗しえざるとき、内部の暗い力を禁圧することによって平衡をたもとうとする精神によって、世界が親和の方へ向うことを願っているのだ。文字通り空想であり、リアリストたちの憫笑をかうような想念だが、青年の克己の意識からみれば、最もリアリテのある想念なのだ。明治の青年はそれを宗教というかたちで仮構しえたのだ。夢と紙一重であることによって、現実との対応をこえて、いわゆるイマージュとして独在させるし、それが独在する限り、どういうリアルな眼でも否定できない強さをもつわけだ。彼らは苦悩することからのがれえなかった。それどころか、苦悩こそが生に到達する唯一の方法だと思っていたのだ。だがそれがひとつの告白の内因としてある限り、思想への道はみえるけれども、美へはいたれない。告白が信じられている。いや信じようとしている。しかし告白は可能だろうか。告白を支える事実性としての体験など内部にあるのだろうか。人間の心域にかかわる限り、いわゆる告白の貯蔵庫である（体験）など、どこにもないはずだし、おのれというもの、あるかなきかの未知、それへむかって言葉を押し出していく意志だけがある。その意志のムーブマンを私たちは表現といっているのだ。日記が私たちの精神に衝撃する事があるとすれば、その告白の水準をやぶって（事実性をこえて）内部の不可視としての露呈をまのあたりにするからだ。されば青年が論理で人を切りつける性向をもちつつ、なおおのれの内部の虚無をみつめる集中をすてない限り、一人の他者、あるいは世界に夢をたくしてあきないのは、うべなってしかるべきだろう。彼の夢は実現しなかっただろうし、今後も実現するあてはないだろう。それを人は空想だといい嘲笑することもできる。しかし実現という水準とかかわりなく、夢想において人間の精神は最も熾烈な劇を生きてしまう。生きてしまうなら、すべてのさかしらは消えねばなるまい。青春とはその矛盾を、最も切実に通過しうる時期だと思われる。禁欲という克己、頽唐という放棄、それは秤の両方にかかってピーンと釣り合っている。善悪はここでは無意味だから、彼らは、ただ苦悩する、それが根源にいたる力をもつなら引きうけるのだ。次の歌はどうだろう。

久米島は汝が故郷と人は言ふ
　ああ故郷なき寂しき吾に
あの人もこの人も死ねとぞ日々祈る
　紛乱の世なれとぞ日々に祈れる

これは仲原善忠の作品だが、春潮と彼は、近代の毒をあびつつ、共同体を直視しうる距離をとれる場所にいた。つまり精神が自在に展開しうるには〈距離〉が要請されるし、距離という感受性は、対象との断絶なしにはありえないことを知悉していたのだ。「故郷なき寂しさ」とは何か。出自としての村から得たものを御破算にして、自意識の赤裸を生きてみることをおいてはないはずだ。彼らの後年のおもろ歌謡や民俗への没入を高く評価して、前期の精神の立姿を人は否定するだろうか。それについて書かれた文章を募聞にして知らないけれど、この日記によってつきとめおどろいているところだ。「あの人もこの人も死ねとぞ日々に祈る」青年はどうだろう。それは共同体の無言の規範から自由になれず、それでも自意識を展開するには、関係そのものを消滅させねばならない、という邪悪な精神なのだ。関係は確執であり、確執はいずれか一方が倒れるまで続けられる、という洞察は、すでに明治の青年に抱懐されていたのだ。この二人の青年が成熟するにしたがって、風土へのきめのこまかい眼くばりで、学問を仕上げていく過程から、上昇の志向だけをみてはいけない。また青年期の逡巡を視野からはずしてはいけない。風土からよく離脱しうる者だけが、風土へ還ることができるという原理を生きたのだ。明治から現代までこの鉄則は変っていない。

　つまり彼等にとって青年期の、共同体からの離脱としてなされる自意識の劇が生きられなければ、後年の民俗への帰還はありえなかった、とだけは言っておきたい。そういう意味あいで、戦後出た沖縄にかかわる学究者は及びもつかない。なぜなら彼らにとって密室の思索は、きわだって個体として生きられた分だけ、出自の闇はくみ上げられているし、つまり共同体のたたずまいよりは、その深部にねむる心性まで到達しえたわけだが、後者は前者の仕上げた学問を、資料として通過するだけで、自意識の劇はきれいさっぱり切りすてられているからだ。思想の内発も切りすてずに、学問のモチーフに生かし得た明治の学究の作品を、資料として、事実性として捉えざるを得ないという位置は明らかにひとつのアポリアだ。

話しをもとにもどしたい。春潮は厭世をバネにして共同体の向うに一つの幻を架けようとした。それに対して善忠は自意識の不安をバネにして共同体の消滅を願った。それは二人の青年の資質にもよるけれども、城下町と村という出自にもよる。春潮には共同なるものへの夢をはぐくむにたる家系への親和があり、善忠には若年の労働と村の家に対する背反がある。そして春潮にはおのれの矛盾を直視しながら、それを全体に生かしていこうとする肯定的な志向があり、善忠には自意識を限界まで見とどけようという鋭い思索がある。この二種の内部の劇は風土にあるものにさけられない試練だと思われる。

いやそれよりも戦後の青年にふれてみるのも無駄ではなかろう。私は高校時代、小説ばかり読んで学業に身が入らなかった。すぐれた二人の先輩がいた。一人は検事になり、一人は普通の官僚になった。いまこの官僚について考えてみたい。彼は無類の読書家で、島の本は人づてにきいてみな読破していた。大学の入試に経済学部を択んだときは、私を失望させたけれども、大学にいってもやはり彼は読書家だった。私は詩を書きはじめ、生活の中心を失って彼の間借りに漂着してやっと落ちつきをとりもどしたことがある。そのとき彼は私の購読している『ユリイカ』を読み、そこで広告された『マルドロールの歌』を買って読んでいた。彼は高校時代にドストエフスキーの『悪霊』『白痴』をすでによんでいたが、ロートレアモンによって、何かとめどもない内部の破壊に瀕していたようであった。毎晩、街のざわめきのにぎわう界隈へ出撃する。彼は政治運動に関心を示さず、ただ女たちを次々と渉っていたようだ。私が自意識に瘁せて隅の方で地酒をかたむけていると、彼は俗な話しで女たちを魅了していた。美青年だのに恋愛せず、ただ女たちのゆれる感性を打ちすえて悪意をなだめていた彼は、きっとこの世に何の幻想ももてなかったにちがいない。

二つの逞しい太腿が、二匹の蛭のようにぴったりと、怪物のねばねばした肌に貼りついた。腕と鰭は恋しさにからみつき、愛するものの肉体のまわりに組合され、一方、かれらの喉と胸はたちまち海藻の臭気を発する青緑色の塊になりはて、荒れ狂いつづける嵐のまっ只なかで、稲妻の光に照らしだされ、泡だつ波濤をを婚姻のベッドとして、揺籃のなかにでもいるかのように、海中の流れに激しくさらわれ、そして深淵の深みへ向って、上になり下になりつつ転がりながら、彼らは純潔にして、醜悪な長い交尾のうちに一体となった！

（『マルドロールの歌』）

これは主人公マルドロールと鮫との交合の場面であり、醜悪でありつつ聖性に高まるくだりだ。こういう残酷さと聖性を二つながらに実現する詩は、激烈な衝撃力をもつ。我が友はこの恋愛を打ちくだくおぞましさ、美意識を破砕する暗黒の露呈、力動する悪意に打たれて心域を破壊されたかもしれない。そのあとは完結することを知らない錯乱をしずめるための歩行がはじまる。マルドロールの悪のメタフィジックを演じたのか、まずこれは不可能だ。なぜならマルドロールは実行の論理を引き裂き、生活のかかわり知らない所に心域の暗黒を跳梁させる壮大な試みだからだ。それならわが友はどうしたのか。ただマルドロール体験をフォルムにきたえ上げる意志をもたなかったのだ。激情としての受難といえよう。そのころ沖縄自体がアメリカの支配下で庶民たちの心域が形をもち得ずゆれうごいているとき、青年はおのれの内部の秩序を現実と同じ次元まで破壊して均衡をたもつという方法がただ一つのあり方だった。そんな状況で品行方正というのは精神の頽廃でありひとつの退行であるならば、性の乱行にしずまらざる精神をさいなんでいるわが友に、逆倒されたストイシズムを見るのは許されていいかもしれない。それにしても彼はその徹底した無方法による方法によって、過激な飢渇をみたすには、多量の酒を要し、結婚後もその習性を改めなかったらしい。いま酒に身をやぶった友は、私の著書を棚にならべて痴呆のような生活を送っているとのことだ。深酒がたたって風呂場で頭を強打し、再起不能になったのだ。それでも酒だけは絶やさず、もともと農できたえた骨格に肥満がやってきて、鬼のような相貌を呈しているらしい。会いたいけれども、私は彼に会う心の準備ができていないらしい。彼において精神の錯乱は身体の破壊によって鎮静したようだ。彼を青春にであった詩神の犠牲者としてほうむるのはたやすい。しかしこの世には犠牲者のような全身的な受容で詩神に対する苛烈なタブラ・ラサーを生きる者もいるのだ。資料カードを集めるような知識を集めている手合いが多いが、この者たちが詩神とまみえる機会は永久に来ないだろう。ところで私はどうだったか。いわゆるさめたままの深酒と、関係の憎悪に直面して、身体と精神を同時に破壊してしまった。愛憎をゆくところまできわめる文学は確かに在っていいかもしれないが、私はその道はいかない。人は愛なくただ憎悪だけで関係を保つこともありうる、という辛い自覚ゆえにただただ灼けるような感情の消尽にけりをつけた。そうでなければ、私の病巣に荒らされた身体はもはや生きることをやめる以外にあるまい。関係への距離を、距離によってはじめて可能となる新たな関係へ自分を打ち出していきたい。

こうして書いてみると、明治四十年代と現代の青年はそんなにへだたっているわけではない。むしろたたかう対象がはっきりしていただけ明治は自意識のゆくえは明瞭だ。即ち村であり、友であり、前近代であり国家であり、という風に。しかし現在はどうだろう。むろん明治からつづいている近代と風土の二重構造はもちろんのこと、たたかうおのれの身体が村からの離反と都市文化の風俗によるなしくずしによる遠近法の喪失に挾撃されて精神の中心軸を失う危険にさらされている。現象としては共同体への回帰と、風俗への解体として二極に分解しているが、ほんとはその両極を収斂する見えざる視点を、言葉によって形成しない限り、起死回生はありえない。春潮はどのように変貌したか。

僕は僕の今の自然主義的虚無の思想が、行く所迄行って行きづまって、他の思想に変ずることがあったら、と願って居る。而し今や其時機に近づきつつあるのではなからうか。

（「大洋子の日録」明治四十三年五月三十一日）

これは石川啄木の自然主義への接近の姿勢を思わせ、共同体への夢の消滅のあと、個の存在の中にある「虚無」を言葉によって開示しようとする思いがひそめられている。自然主義をひとことで言うとどうなるか、私は身体性の復権だといいたい。身体性は論理をつきやぶってわたしたちの生を未知へ、暗黒へつれていく。その盲動、その矛盾、その直接性を直視しようという思想だ。ただ彼らはその身体性が必ず精神とむき合っており、身体性が未知へつきすすめばすすむほど、精神をさいなみためすものだということを忘れていたのだ。つまり精神性を拒絶するあまり、身体を事実性にとじこめてしまった。身体も夢をみる。いやむしろ身体の生理にねざす部分から夢は見られるのだ。夢みる限り事実性にとじこめられるものではなく、たえず人間という存在を未踏の冥暗へ、寒い高みへつれていくはずだ。そして非現実へ、意味のとどかぬグロッタへつれていく。人間の内域が否定型である限り、夢はもっとも不合理な相貌でそれとむき合っている。そのむき合い、その緊張はすでに身体と精神という二元論をこえて存在へまっすぐ到達するのだ。

春潮はやっと青春の不定型を、禁欲という倫理からときはなって溢れさせようとしている。これは一つの放棄であるようだが、決して内部の劇性からの遁走ではない。自意識の劇が現実との対応を失う分だけ甘美さをぬぐいされないとすれば、青年はその夢想という牢獄から飛び出て、外部の風にさらされる必要がある。そのとき彼のやわらかい皮膚はきっと無防備のたましいとなっているので、一つの受難をさけえない。そこで青年の過剰な自意識はやむをえず仮死の状態におのれを置く。拒否よりは直視・受難よりは冷視へ、自分を追いやりつつ、きっと深い傷をいやされているのだ。春潮における自然主義とのかかわりはそれをおいてはありえない。これは青春がとおらねばならない関門であり、関係へ自分をつき出していくためのたくまざる準備だといえよう。青春におけるはげしい肯定と拒否は内部の必然においては等価であり、関係(外部との)はそういう内部の声を殺して成立する。青年は一度そこで自分の最良の部分を殺さねばならない。最良の部分は殺されることによって彼のそれ以後の生涯の行為を深部で支える力点になる。

琉球人か。琉球人なればとて軽侮せらるる理なし。されど理なければとて、他人の感情は理屈に左右せらるるものにあらず、矢張吾等は何処までも〈リギ人〉なり。ああ琉球人か。されど吾等の所謂先輩は何故に他府県にありて己れの琉球人たるを知らるるを恐るるか。誰れか起ちて〈吾は琉球人なり〉と呼号するものなきか。

（「大洋子の日録」明治四十三年九月七日）

これは沖縄の戦前の自覚者たちが必ず一度は衝突せざるをえない問題だし、あるいは彼らを沖縄学へ導いたかくれたモチーフかもしれない。ただ春潮はそれを大和人《ヤマトンチュー》への告発へとそっくり上昇させない。「されど理なければとて、他人の感情は理屈に左右せらるるものにあらず」という。人間の感情の不合理、内部の不定型への注視をうながしている。日本の村の共同体はおのれを閉ざすことによってその不定型・不合理を鎮め、他者はあくまでも闖入者として彼らの鎮まりを撹乱する者として捉えられる限りにおいて差別が機能するなら、沖縄の中にも差別はあるはずだ。告発というスタイルではどうしても全貌をあらわさない心域だし、ただおのれの存在を出自の方へ降りていく深さにおいて顕われとなる世界を批判する視点をつくらねば、徒労に終るだけだ。春潮はその問題を政治の問題としてではなく、人間という存在のもつ救われなさ、不可解として直面している。ここでもっと存在へ論理を降ろせば一つのすぐれた共同体批判の思想が生まれたはずなのに、春潮はそのモチーフを展開するよりは、内部の無意識にしずませることによって学問の世界へ去っていく。しかし学問が人間の精神の領域をあつかう限り、内部の劇はなお見えざる力として続くはずだ。

一、予が思想の大なる変改ありし年なり。
一、宗教的偏狭の思想を脱して自由放奔なる思想に入りし年なり。
一、思想の変改と共に、総てに対する見解に新しきものの生ぜし年なり。職務上の交際、女性に対する見解など、殆んど以前と行き所を異にするに至れり。
一、何事も宗教的道徳によりて、善悪を判断しつつありしを、自由其他によりて批評し、或は善悪なしと考ふる様になりし年なり。

（「大洋子の日録」明治四十三年十二月三十一日）

これは一年の回顧だが、自意識の劇はゆくところまで生きつくされ、青春の倨傲の過激な偏向は検討しつくされることによって超えられている。その動因は「自由」であり、「善悪なし」とする自在境だ。後年の学者としての春潮のペルソナはここにいたって明確な像をむすぶことになる。もうおのれの血をあがなっておのれを語ることはないだろうし、内部の虚無に依拠する意識の力動はないだろう。もしその血、その虚無に形を与えればわれわれは一つのすぐれた小説、すぐれた詩をもつことができたかもしれない。しかし当時の小説はこの克己の苦悩者をいこわせる深さをもっていなかったし、また詩はこれだけの自意識をいれるに足る形式としてきたえられていなかった。それはこの日記の巻頭におさめられた歌によって推測できる。必ず自意識の過剰が美としての形式を破っている。彼らが歌という形式におのれを托することを肯じなかったのは当然のことだし、歴史、民俗という広大な分野で自在にふるまう必然性はあったとしなければならない。

いま日録をよみ終って空白に落ちていくような気持ちになる。比嘉政久という名前で私の叔父が二度でてくる。たったそれだけだけれども、なにか釈然としないものが残る。叔父は師範を卒業して教員をしていたが、若くして政界に身を挺し、たたかったけれども四十代で病死している。そして家財を傾け荒廃だけを残した。彼は春潮たちの先輩にあたるだろうが、はたして明治の苦悩と、自由への苛烈な衝迫をどのように生きたか私には知るよしもない。おのれの意志を徹底して展開する者は邪悪である。少なくとも生活者の側から見れば。選挙運動で対立者のとりまきによって背中にナイフをつきたてられていた叔父の話は血縁に語りつがれている。「大洋子の日録」に善忠が叔父に会いに行くくだりがあるけれども、彼は何の手がかりも残していない。ただ何かに鬱々とのめっていく心性、とどめようもない衝迫に身をまかせる心性は私らの血に流れている暗い因子だと思われる。それは不定型であり、形をもたぬから人をつきうごかす力をもつ。私はいま自分にふさわしい、内部の不定型を展開する方法をみつけようとしているかもしれない。

しかし人はいつか生活の実体にぶつかる。生活は何かにいたる階梯ではない。それ自体ですでに完結することのない広い領域だ。しかしそれは何かの根拠ではなく、ただ生きることで充たされるのだ。

吾々は今迄、行末のことばかり考へて、いつも準備の生活をして居た。それで、現在は多く将来の犠牲になって居た。それが幾年も続いて、将来将来と考へて居る中に、死の手突然自分を此の世から消して仕舞ふのであった。今は又、只現在だけの生活に傾いて来て居る。其時々の生活をして居る。夢の様な生活だ。併し、現在はどうしても将来に影響を残す。だから、余程馴れなければ、幾分の不安を感ずるのは当り前である。

（「大洋子の日録」明治四十四年三月十三日）

この文章にはたいへん重要な思想がひめられている。未来へむけておのれを実現しようとする発想は虚偽だということ。なぜなら、それを追いつめていくと、おのれの消滅をかけて彼岸へいきつくしかないからだ。格別理想をきらうのではない。ただ「其時々の生活をして居る」ことでおよそ世界の息づかいを聞いている、という自信だ。理想もなく、絶望もなく重ねられる日日こそが人生だという思想は、平凡のようでいて深い。それを「夢の様な生活だ」というとき、春潮は常民のねむる清烈な地下水に口をつけている。民たちはそのように生活してきたし、今後もそういう生活をつづけるだろう。私たちが近代の矯激な意識にさいなまれるときには、ひとまずこの零度の状態へ自分を突き返しておのれをくみかえる必要がある。事件もなく感動もなく、しかもくり返される日常、これにたええない精神はきっと病んでいるのだ。

春潮の日録はしかしそういう日常への親和だけでみたされているのではない。幸徳秋水の事件に対する冷静なかかわり、河上肇の講演に対する率直な共感、乃木将軍の殉死に対する独自の批判。それはこの青年が時代に対して開かれた心をもっていたことを示し、時代の暗い力に深いところで共鳴しうる想像力をもっていたことを示している。生活はそれ以外の目的をもたないゆえに完結するようにみえながら、実際には没入の深さにおいてそれを対象化する意識をそだてる。春潮の現実批判はそういうかたちで切りひらかれる。生活に没入すれば生活を支配する構造がみえてくる。

しかし私は思索する青年のおのれを対象化する独特のスタイルを好む。


さらば休まん。願くは何の夢も吾に来る勿れ。

（「大洋子の日録」明治四十四年五月三日）


思索家はいつでも思索の先を見ている。苦悩する者はよく眠ることを知っている。「那覇は静かな時間を殆んど持たぬ」ならば、おのれの魂を死に近く眠らせることによってはじめて存在へいたれるのだ。夢をみない限り、きっとこれは青春の矛盾を、矛盾のまましずめる最後の方法かもしれない。きっとこれらの言葉たち、これらの観念は眠ることによって無意識へ降りていくのだ。そして精神を養うゆたかな腐葉土として、息をひそめているのだ。

そこからはこういう密着したスタイルで造型する批判とはちがう方法で再度、思考を試す必要がくるかもしれない。春潮の学問の世界は他日を期してとりあげたい。

伊波普猷論の入口まで

斫断　1

きみの波うつ腹のなかに
青い空がねむっている
私は眼をとざして静かに落ちる
そのなかへ　そのひだに
死するときは　きっと降りて
いくだろう　それにしても
いま　私の胎児は　きみの

眠れるひだのどのあたりを
走っているのか　知らないが
痛みが骨を洗い　汗が
肉をつなぐ　夜の底で
あまたの人に衝突しながら
ここまで来てしまったのだ
麻酔のように波ねむり
火照りをかぞえながら
無知の方へかたまる血の
くきだち　いや放棄と
等しい受容に身をまかせて
きみの身体は　舟のように
敏捷だ　裂けている
水がかたまり裂けている
アパシーの力にぶつかりながら
アパシーをきたえなおす
この揺籃　私らはきっと

幼児のように眠れたのだ
私の陰鬱は汗をつなぎ
深みとどけるようだ
鏡にきみの背はとざし
瞳は黒をたたみながら
青い空がバウンドした
酒精が血をうちすえる
肢体が青に沈む
死の街をしずかにゆりおこす
いまや死の果てへ手は伸ばされ
やわらかい力が私をしめ殺す
ほんとうは　きみの背の
切りおとされた線にそって
いくつもの声が投身したんだ
親和に一致する冷却
に　はねおきる分身
罵声が痩せている

爪が炎えている
鳥が昇り　火をとざした
鳥が下り　火をとどけた
待つことのたあいなさ
火照りをかぞえながら
粗暴を集めている
もうどこへも行けないから
この内域へ降りる　死のように
重さを離れて　ひとつの
暗さはとげられるだろう
きみの微笑が刺すようだ
この不器用
このうとましさ
は　まぜあわされて親和にいたる
帰れ　私も帰る　まるで
亡霊のように高まり
ながら　あの界隈へ消えてみるのさ

〈瞳3〉

2

私は鬱病である。考えれば考えるほど自分は、この沖縄では生きていくことが封じられるのではないか、という妄想にとりつかれて、東京へとび出すことがある。むろんこれといった治癒の方法がみつかるわけではない。医者の薬を拒絶しつづけたが、そのままでいると、夜と昼の境界がくずれて眩暈の中へふらふらと歩いて止まるところを知らない。黒田喜夫は私の病状を聞いて、南島的な共同体に生きる表現者は、そんな精神をみごもってしまう、と言った。ビンスワンガーの本を読んでいるうちに、自分を病者でないと言いつづけて、薬を拒絶する自信がなくなった。もう病者として自分の存在を受容する以外に、私が精神へ到達する途はない、と思うようになった。しかし人はおのれの病を拒絶しては生きられないように、病に馴れても〈生きる〉という意志を推しすすめることは不可能だと思う。病への親和と病への冷視が密にかみ合うとき、病そのものをつきうごかしている現実の内部へ切りこんでいく思索が開示される、ということは言えるかもしれない。透谷は生まれるのが早すぎたのだ。昭和に生まれていたら自殺せずに生きのびたかもしれない、と私は勝手に決めている。透谷はあれほど明晰に病理を生き、時代と契合しつつ時代を拒絶して死んだわけだが、ただひとつ彼には錯乱という無方法がみつからなかった。錯乱というのはすぐれて病理をとき放つ行為だからだ。私が夭折者にならなかったのは、精神の方位を失うときにも錯乱そのものが指し示す冥暗へ、言葉のうながしに従って降りていけたからだ。夭折した詩人たちの明晰な病理は芳ばしい。しかし錯乱を通過して、現実へ衝突する思想は、そのつよさによって生の深さを垣間見せる。

私の錯乱は終ったか。六〇年代からつづいた錯乱は、日本への沖縄の復帰によって状況的には終った。いずれにしても、生きるということは係累や友人たちの言葉に耳をかさず、ただ言葉の終る先へ歩きつづければいい、と思いこんでいた。ならば私は、生きることをやめていたのか。たぶん詩を棄てて村の胎内に息をひそめていたとき、私は母胎に回帰する風に死に親和していたかもしれない。そのころ、文章が書けず、また書こうとも思っていなかった分だけ私は土のしいる意識の死へおのれを馴致していたかもしれない。しかし一度、詩を書いた者はもう生涯、言葉の浸透から自由にはなれない。以前は子供たちと海へ行くのは、父としてのやむを得ない仕事だったが、私は島の海沿いの村で、ときに、ふらっと思いついて息子と海へでかけた。もう海という自然に異和の意識はなかった。満ち潮につかっていると、なにか自分のとざされた魂が、波のうねりに鎮められて空と水のとけあうあたりへ帰っていくような充足を感じた。しかし、不意に呼びかえされるようにふり返ると、漁村の陽やけした婦が護岸から刺すように見ている。私は日没時の潮の冷たさと、羞恥に身ぶるいを感じて、間借り先へ引き上げた。見られている。見られているという意識を死滅しえない存在は、詩と手を切ることはできない。私の詩の中断と現在を結ぶ赤い一筋の糸はこんな単純なこだわりかもしれない。

私の錯乱はまたはじめられた。ドストエフスキーの小説に登場しそうな、いわゆる救済へ到るために悪を方法に押し上げようとする革命の夢にとりつかれた青年たちと、深夜まで飲みあるいた。むろん私の自己の救済と、彼らの民衆の救済の思想がひびき合ったかもしれない。それにしても彼らは、どうして悪を成すことに喜びだけをみて、おのれの魂を傷つけないのだろう。ほんとは傷を負うという第一次感性を殺すことによって彼らは民衆の中へはいって行ったかもしれない。彼らは酔わない。彼らは酔い眠るという民衆のふかいふところで、邪悪に醒めつづけることによって、神を罰し神に罰せられている。革命は美しいなんて思っている学生は幸せだ。革命はその国の青年たちにとって民衆の酔い眠る心域を未来へつないでいく必然として感受されるときだけ人を動かすものだ。もう善悪は消滅し、美醜はかかわりのないことだ。それにしても私は何か苦い汁を飲んでいるような不快にたえて薄明の議論を聞いていた。ある日、青年の恩師のところへつれていかれた。挨拶の後、青年が政治思想を恩師にむりじいする無神経さに私は驚いた。人のいい教師は結局、協力することになったけれども、私は空漠とした気持ちになった。いわゆる口説きである。青年が女を口説くあの強引さはいいとして、そういう強引さのふれえない他者の世界が在るということに思いいたろうとしない厚顔さに衝撃をうけた。

見られている。この青年は見られていることに無自覚な分だけ革命とは無縁である。恩師は青年の思想が人間の深部にとどかないことを知っている。ただきみは許されているのだ。協力するというのは、そのしるしにすぎない。なにもあせることはない。たしかに人は職場で、街で他者に衝突するとき、言葉でおさまりのつかない憤怒が全身をつきぬけるけれども、それを抑制して、言葉の世界へ転換するのも思想の方法である。世界は眼をおおうばかりの惨事にみちているだろうが、その事実と同じ次元で、いくら陣型を敷いても無駄である。繁栄であろうが、滅亡であろうが、自分の深部できたえなおした言葉として発せられない限り、詩や思想に到達することは不可能だ。言うなれば、すべての表現はそれが、規範としての関係への批評を内にかかえない限り、おのれの主題につきあたることはあるまい。協働の場で思想をつくり上げる時代は終ったんだ。一人へ、まぎれもない存在の裸形へ、立ち帰る以外に風土の夜の深さに降りてはいけないだろう。なぜなら、協働の場である限り、現在の意味のせめぎ合いによって、風土の古層は背景にしりぞき、そこではただ論理の優位（状勢的な分析力だけの）によって非論理の暗域の豊饒は切りすてられるからだ。論理は暗域の脅威から身をまもるためにあるのではない。暗域に方位を与えて溢れださせるためにあるのだ。

今の私はどうか。暗域は知的な操作だけではどうにもおさまりがつかない。また風俗の中を流れていても消え去るものではない。私はただ瞳を見つめている。じっと瞼をとざして見つめている。瞼をとざして見つめるとは、暗域に深く沈むことだ。虚無が眼球を圧してくる物質感をもつまで見つめることだ。さすれば虚無に洗われて瞳の像が明晰になるのにでくわすはずだ。それを私は清冽な他者と呼びたい。私は沖縄で、〈他者〉にであえるとは思いもしなかった。しかし私は〈瞳〉が暗域から立ちのぼるのを、言葉の水準でいたく受感した。真の他者は批評するか。たぶん批評という、男の最後のヒロイズムとのたたかいをも〈瞳〉は内部にかかえこむ。独語する。それはいい。しかし真の他者を発見した者は、独語が一人の存在の風のように流動してやまない〈魂〉へむかって発せられていることに気づくはずだ。魂は必ず係累につながり、係累たちの眠る村まで送りかえすはずだ。そのとき風土は、地理的、あるいは風景的な相貌を脱ぎすてて私たちの生の現場を展いてくれるはずだ。

それにしても憂鬱だ。風土がみえないほど同居者が地の霊にとりつかれて、日常の次元で発散するのは憂鬱だ。私は島のそういう、意識にいたらない呪いを拒否する。それはいくら合掌して祈っても、自己の存在のうちにたたえられた暗域を流動させる求心の力をもたない。暗域は流れず腐蝕する。もうそこでは魂は死ぬ以外になすすべはない。呪いは外部へむかって言葉を発する。呪わざるを得ない心性はおのれの内部へ降りていかない限り、つかめないという原則がわからないのだ。山と自然の中で、空へ視線を上昇させながら祈っていた村の母たちは、向うには何もないことを知悉しているゆえに、神を呼びよせることができたけれども、いや神を信ずるという人間の根源へ手をとどかせていたけれども、街の部屋で呪いを吐いている者にはもう神を呼びいれるにたる明澄な心域はない。ただ関係を、他者を、呪わざるを得ないという、苦しみを抑制して、なすすべを知らない虚ろのきつさを見つめないかぎり、罰という自意識すらない分だけ他者を傷つけて自分の心をこわしているだけだ。神を見るのも人間だが、罰をするのも人間だ。夜のくらがりで呪いに余念のない者は、きっと沖縄の状況が復帰へむけて、切りすてた夢遊の領域だと思われる。ならば夢遊はすぐれて方法の自在を要求するものだということがわからねばならない。
　私はいま風土のディティルに触れている。それを開示するには、心部の流動を追いうる速度が必要だ。さいわい十月の下旬に九州の旅をしたので、そのときの書簡を提出してみたい。

　拝啓
　びんせんも買えない。きつい旅だ。しかし日本の自然にふれた異和感は以外とつよい。佐賀平野の稲の波は、沖縄の主だった島がひとつはそっくりはいりそうな広さだ。私はおどろきよりも風景を見る自分の中心をつくれず、頭をガンとやられたように脳の芯が痛む。大宰府は大きい寺《ママ》だが、昔の役人がここに遣られてしまえばもはや人界の果てに来たという恐ろしい流竄の思いにとらえられたにちがいない。日本の風景は暗い。日本の農村は同規格の白いシックイの壁を塗った小ぎれいな家だが、やはり一種の寂寥のような、つまりここでは生活以外は何も考えられないほどの、自然の浸透にたえねばならないという思いにかられる。山をつくる（木を植える）ということが、長い年月にわたって持続していることに気をとめた。

長崎では原爆祈念堂の、永井隆の青年僧のような清潔な容貌をとどめた写真に、惨劇を通過して日常のむこうへ身をとどかそうとする瞳の深さを感じた。しかしもうこの街は原爆とかかわりなく、都市のよそおいも、近代の猥雑の中に傷痕を忘れているようだ。民たちは惨劇をそのようにやりすごし、そのように忘れることによって次代を誕生させる。

私は日本がそんなに大きいとは思わなかった。そして小さい沖縄が懐かしい。海が空が、そこに住む人たちの舌たらずなやりとりがききたい。おそらく日本の自然の圧倒は一度青年をうちくだくか、自分の意志を展開するために東京に出奔するよう、仕向けるか、どっちかだと思われる。それは上昇とかいう志向ではなく精神を展開するための虚の力点をつくるために必要なのだ。もし私が九州の村に生まれていたら詩など書いただろうか。またきみのような沈黙をたたえた人がここに生まれたろうか、疑わしい。自然の美しさがないわけではない。それが広大なので感性に収斂するのにくるしむだけだ。

雨のせいかもしれないが、きみを感性に充たすことができない。もう距離なんていうものではない。たとえば南島の村にあった男女の愛は、この村では考えられないことかもしれない。この村から隣りの村へたどりつくのにまず身体的にまいるだろう。そして恋情は希薄になるか、そのあまりの距離の遠さに荒い狂気に身をゆだねるしかなかったかもしれない。暗いみどりに悪酔いしている。空に対する親和がおこらない。しかし南島の感性ではとらえられない、地の力を生のディティルにひろませるとき、日本はいくたの秀れた表現者をもつことができた。風景との異和、文字などうんざりだという鬱、それが佐賀から長崎にくるまでの私の気持ちだ。とにかく言葉なんてどうでもいいのだ。ただ異和の中でやりばのない、人間の無意味さに立ちすくむ。しかし、これは異郷を旅する者の閲しなければならない心域かもしれない。そこに住む者には、また記憶に固着した風景があり、それを力点にして世界へ関わることが可能かもしれない。私は早く沖縄に帰りたい。そして地酒が飲みたい。ここの人も自然も私に親和することはないようだ。沖縄から東京の詩人が見えるけれども、ここからは全くみえない。しかしいつか好きな人か、娘とでもきたら風景も私に中心をみごもらせるかもしれない。

十月廿四日雲仙にて

未知へ

拝啓

今日は三日目だ。島原を通った。船によわい私でも十分に島々を見ることができた。朝のやわらかい光をあびて漁船が群れをなして沖へむかうのが実に気持ちよかった。漁村のもつ貧しさと質朴さが家のかまえや洗たくものをみればわかる。ただここの人々が政治とかかわりなく、生活に身を入れ労働しているのがわかるだけだ。

次はがらっと変ってバカデカイ熊本城の人間くさい権力の跡を、私の感性で計ろうとしたが尺度がちがうようだ。日本の戦争は剣の美学よりも、あるいは映画で描かれているよりは、もっとリアルに物量でなされたのではないか、という思いをすてされない。私たちの王国でなされた按司たちの戦いの悲話は、ひとつの神話と思えばいい。もうここの歴史には、私などが古代の歌人から連想するような美意識などはなかったと言った方がいいかもしれない。少なくとも制度としては和歌の美意識の存在する根拠はない。歌人は権力の支配からのがれて、自然の中にまぎれこんだとき、自然のディティルが見えてきたのだ。だから和歌のひびきを制度と重ねてみるのはあたらない。制度から見る限り、風景にディティルなんてないのだ。全体という無関心によって、感性に強いてくるのだとすれば、もはや制度の中にいて和歌を書くことなど不可能だったのだ。そういう意味で花鳥風月など不可能になるとき日本の歌は虚無そのものを現前させる風に成立し得た。これを逆倒しないかぎり、日本の真の美意識にふれることはできないと思われる。しかし権力が自然の力を、支配の力に転換する論理をいくらリアルに展開しようが、この暗い日本のもたらす、芯のくずれるような寂寥の大いさとたたかった歌人たちの凝集をつきくずすことはできなかった。

それはさておき奈良のあたりにゆけば、沖縄の風景のような親和がわいてくるけれども、九州の自然は芸術そのものを拒否するゆえに異和の力で私たちを衝撃する。私なんて、きみなんてセンサイにすぎんのさ。海にゆすられている民はきっと言葉は荒っぽいが、沈黙にみたされた感情のきめはセンサイなんだ。しかしセンサイという資性は、また内質のディティルを持続しうるということかもしれない。ただ沖縄の徒党《ヤーグアーックエー》つくりのもつ悪意は、まだ悪意にもなりえてないゆえに、関係への甘えにすぎないのだ。私の旅は鬱を引きつれての旅だから乾いている。ここのナショナルのエネルギーがねむっている平原だけ歩くと、心に嘔吐がこみ上げて私はねむれない。ここの少年はすでに一度はこんな心域を体験しているはずだ。抒情は自然からきたのではない。制度からはぐれたときの心域からきたのだ、とだけは言っておきたい。国文学の研究者は、それを自然と対応させて安心するから、いつまでたっても制度の圧倒を批判する手がかりをつかめないのだ。小さい沖縄にいてもそれはみえる。小さい世界にとざされていても国の精神の秩序は見えるということだ。しかしそれをつなぐ体験を、おのれの中に構成しえないかぎり、いつまでも小王国の夢をむさぼる徒輩に堕する危険から身を守るすべはあるまい。

ともあれ四、五年に一度ぐらいは、一箇所だけえらんで、じっくり歩いてみるのもいいと思う。だが今の私の精神はそれに耐えうるかどうか疑わしい。八重山・宮古をもっと歩いてからにしてもいい。とにかく身体をじっくり書いてから、ぼんやりして地酒を汲めばいいのさ。地理には精神の深さをささえる力はついにない、と思うゆえに。……

十月廿五日　阿蘇にて

未知へ

拝啓

今日でしんどいコースは終りだ。あすは鹿児島でおみやげを買って乗船する。ここはあまり冷えない。それにきのう薬を飲んでねたせいか、頭の方はしっかりしている。ホンダ技研でまずオートバイの流れ作業の現場をみることになった。チャップリンの映画とはちがい、意外とリズムにのって作業しているように思えた。オートメーションによる精神の破壊というフレーズではなく、そこからあたらしい労働論が書かれるべきかもしれない。第一日目から街はそんなにまわっていないが、本土の人たちの顔は空気にやわらげられて、こわばりがとれている感じだ。風土の豊かな水と、文化の遠い奥ゆきによって表情に心のディティルがひろがっているように思える。この旅館ではじめて詩人たちの色紙をみた。とにかくあまり秀れたのがない。たしかに歌人の自然とのけりのつけ方はうまい。総じて彼らも自然の力に抗するよりは、それとどう折合いをつけるかという点に文体への思考をこめているようだ。沖縄での沈黙は、真率に顕われんとする未知を予想させるが、ここでの沈黙は文字どおり言葉と絶縁することだ。

いま子供たちは火を焚いている。灰が噴き上り夜空へ消えていく。私にはわからない、子供たちの歓喜が声になってわき上る。紅葉は凋落を炎え上らせていたけれど、ここには若い粗野がみちみちている。つらかったけれども、私の鬱もしずまるかもしれない。木と平原と火山の国に生まれながら近代を通過するとはどういうことか、と考えている。それは拒絶をつらぬくことかもしれない。山と噴火と川のもたらすナショナルな感情への距離が見えるとき、はじめて人間の内域に自由を展開することが可能となったのか。少なくとも沖縄の軽薄な土着主義者が思いもおよばぬ方法の持続によって、日本の近代は生きられたのだ。それを知らずに鉱脈のたぎりをいさおしに結びつけて、いかにも依拠しやすい回帰の場と思ってはいけない。近代にも土着にもそういう都合のいい回帰の場はない。しかし風土によって生きられた原感情は自然の推移のように手なづけにくい。それは論理だけで支配することは不可能だ。なぜなら民が風土の中で蓄積する感情の深さは、もの書きよりはるかにきついからだ。できるのは距離をどう引くか、この具体を炎え上らせる抽象の触発点をどこにさだめるか、ということだ。むろん日本の秀れた表現者は、それを推しすすめているし、また今後もそれを持続しないかぎり、自然の威力にうちくだかれるだけだ。

焚き火も小さくなった。街は闇が降りていて、まばらに灯がともるばかりだ。この旅で私は風景というものをはじめて経験したかもしれない。それは私の詩にまだあらわれていない分野だ。それにしても私は風景の壮大さに身をゆだねることを好まない。自分をみつめれば、壮大と卑小の消滅する世界がひらかれると信じている。その前提に立つときはじめて風景は私の世界の要因になりうるかもしれない。まず沖縄でそれをこころみ尽さねばならない。いつか私は、自然を、それ自体の生成として表現しうる位置に立てるかもしれない。あしたは船だ。ゆれるということには中心がない。中心をもったら嘔吐にしてやられる。だから力点をすてることによって世界の波調に一致すればいいのさ。

未知へ

十月廿六日　霧島にて

拝啓

とうとう六時すぎ、船は鹿児島の港を離れた。水が腹をうねらせ渦まいている。桜島へ登ったのが、もう遠いことのように思える。それにしてもあの溶岩というのはたいへんだ。それは人間の感情を拒絶する鉱物だ。きっと戦争のあとの廃址もこんなに一途に荒廃をめざすことはあるまい。地上は生類によって何か地の苦しみがやわらげられている。しかし、地中では、ただ鎮められざる力が解体を志向しつつ荒れたぎっている。このものは流動し、噴出しながら、解体をとげて死んでいく。岩塊の降りつんだ跡は、宇宙そのものが、おそろしいエネルギーによって生成し、ほろびていくのだ、という身をもまれるような真実を見せてくれる。

砂漠を思う。砂漠にひかれる情熱も、私には何か、死への衝迫をかくしているのではないかと思われる。人間は傷つき、生きることに悪酔いするとき荒廃を求める。それだけが都市の文明でただれた感情を回復する起死回生の方法だという風に。もう村も風土も消えた。この溶岩塊を前にすると、風土なんていう鎖国思想につながる発想は吹っ飛ぶかもしれない。しかし安部公房ふうに、それを美として定着する気にはなれない。この美意識をうちくだく火の死骸は、地球の底を流動しているように、もはや共同体に閉じる思想をうちくだく衝撃となり、また国境をこえる発想をうながす。しかしそれは不可視として、地球の内部でたぎっているときだけだ。ひとたび地上に噴出し岩塊と化するとき、死へむかう平等性としての不愉快さしか示さない。いや現代の過激派はこんな心性で、つまり死ぬことによって平等を実現せんとする、せっかちな暴力を展開する思想に殉じているのかもしれない。

ところで日本の風景論を書くのは私の任ではない。一人の鬱の病者が旅に出て、人間の内部にある不定型にどのようにくるしみ、どのように形を与えようとしたか、きみは知ればいいのだ。私の友人である阿部岩夫は、言葉の地形学と言った。なんだ、このナショナリストめ、と思っていたが、やっとその真意がわかるようになった。地形、風景、都市は、通りすぎる者にとっては、具体であり、具体であるゆえに真のカタルシスをもたらさない。しかし自分の不快と不定型を顕ちあらわす、ひとつの契機になることはたしかだ。ともあれ、いずれ機会をあらためて、その土地の酒を、その土地の居酒屋で飲んでみたい。いまは私の異和を明晰にすることによって、日本の内部に在るもう一つの異和にむすびつける手がかりとしたいだけだ。

未知へ

十月廿七日　船上にて

沖縄に帰って私は空白の中に言葉をよびいれることができずにいたが、しかし居酒屋で酒を飲んでいると、自意識から解かれて土の中にしみとおるような安堵を覚える。これは風土が存在にもたらす愉楽であり、同時に単純な生活へ帰っていく準備であるといえよう。

ところがあのとき船上から沖縄が見え、北部の山々のすそに白砂が一直線に見えたとき、私は、海をひとつの炎えるブルーへ抽象する力点はこの白い砂浜なんだなあ、と思った。日本の海岸線には、この白砂がない。灰色で、湿気に濡れた感情を喚起する鈍い色調は、いかにも木と水の国にふさわしい。

ところで私は怨情に灼けるような生活にけりをつけた。怨情を冷却することによって関係の構図を明晰にしないかぎり、怨情は憎悪へつきすすみ、もはや後にひき返すことはできない。この八ケ月の間、同居者の追訊のため、私は睡眠すらとれなかった。もうこのままでは精神の崩れをさらして衆人の蔑視にたえる以外に手はあるまいと感じたとき、私は係累と別れた。

一人というのは確かに心部の空白すら金属質の手ざわりで感受される孤独だが、まず睡眠がとれて好きな本が読めれば充分だと思っている。六〇年代からつづけた、市民への異和によってきずかれた危険な日常は、もはや根拠を失ったようだ。過激をきらい、過激を通過するしかなかった青春の、方法への集中はゆくところまでいったのだ。四冊の詩集と二冊の評論集、これが私のすべてだ。

いま社会意識とやらにとりついて、民衆が水平化する時代ではない。社会意識のかかわりしらない領域で、生活の細部に感情のありったけを注ぎ入れる、新しい常民が都市をつくっている時代だ。私はそれを肯定もしないし、否定もしない。現実をそういうものだと知ればたりる。状況の推移は正確におさえねばならない。何もおこらない日常に、人たちはいらだちすぎる。そして陰微な次元で事を起そうとする。こんな戦争のない日常に処する精神の在り方をみさだめなかった結果だ。こんな返問はどうだろう。何も起らない日常なんてあるのか、と。事をかまえる必要はない。共同の世界に何も起らないとき、生活者の心域において、何も起しえないという深部の解体がすすんでいるのだ。事件という事実性に馴れているうちに、その解体を見ることすらできなくなったのだ。もし日常の生活における存在の解体を見る意識があるならば、この平安という状況は深部を直視しない者たちのつくり出した状態だということがわかるはずだ。

日本の私小説すら、日常の空白に意識をひそませる文体をもち得たのに、もう事実としては衝撃を失った事件だけを追い、反芻するだけでは、散文が獲得したリアリズム以前に逆もどりするだけだ。リアルを通過しない抽象が、ただの遊びにすぎないように、民衆の共同の規範を破砕しえないユートピアは、個体の意識を封殺することにしかならない。

伊波普猷にはいるつもりが、風土の内部を歩いているうちに、伊波から遠ざかるはめになった。いや私は六九年ごろ伊波の選集を読んでいるし、そのとき私の錯乱をしずめてくれる一滴の毒がほしかったと思う。しかし当時の私は独力で沖縄における、存在へつきいる思索を試みていたのだ。いま書いた風土論は、そのとき、言葉を失って街の路地に佇立するしかなかった沈黙を歩きださせるためのひとつの前提と思えばいいのだ。それにしても、伊波のつくった、沖縄と日本を結ぶひとつの構図は、すでに古典的であり、古典的なるゆえに南島の最も古い原質に根をおろしていることはたしかでも、実証と想像力の両方から批判することによって、再構成する必要があると思われる。『古琉球』を読みすすめながら考えたのは、伊波が初期においてすでにひとかどの状況論を提出しえたということだ。また知識をたえずおのれの出自へ返して検証し、深く民の心域に言葉をときはなっていることだ。沖縄学の太いモチーフと限界は、すでに伊波によってになわれた南島の宿命につよく規定されている。しかしひとまず私たちは、伊波の求めた沖縄の文化の源流としての日本との同質性を、実証された部分では認めていいのだが、何かそれだけでは解決できない南島の口ごもりの向うにねむる不可視を顕わさない限り、実証のつよさを手にしえないだろう。この問題はこの文章では展開できない。もっとも知られた伊波の文明批評のさわりになっている部分からはいりたい。

琉球が中国に使節を送るとき、二通の上表文を持参して、清帝と靖南王のどちらとでもつながりをつけられる方法（これを空道という）にふれて伊波が述べた文にふれよう。

沖縄人の境遇は大義名分を口にするのを許さなかったのである。沖縄人は生きんがためには如何なる恥辱をも忍んだのである。「食を与ふる者ぞ我が主や《ものくゐゆすどわーおしゅー》」という俚諺もかういふ所から出たのであらうと思ひます。誰が何といつても、沖縄人は死なない限りは、自ら此境遇を脱することが出来なかつたのであります。これが廃藩置県に至るまでの沖縄人の運命でありました。（「琉球史の趨勢」）

これは国の政治の原理を、一人一人の倫理の問題として捉えるあやまちをおかしている戦後のもの書きたちよりは、深い真実を語っていると思われる。小国が大国に朝貢するとき、そこには他国の力を受けいれるための衆議がなされるはずだ。しかし政治が民をすべる方法であった限り、民を扱うには（治めるには）、大国の意志が強権としてやってくる衝撃を柔らげるための知力が古代においても必要だったにちがいない。たしかに二つの王朝につかえることは誇るべきことではないが、政治のしいる関係の必然として、琉球はその構図から脱することができなかったということだ。いずれかへ従属しないかぎり、併合されて、小国の生きる意志を消滅せねばならなかったのだ。「誰れか何といっても、沖縄人は死なない限り、自らの境遇を脱することができなかったのであります」というパセチックな断定は、伊波が、政治の力としての支配を推しすすめるとき、そこには倫理とか、人間性とかを歯牙にもかけない明確さで、徹底されるものだということを知悉する者としての悲哀を胸中におさめていたからだ。この学者は知識の量によって肉声をふさぐようなところがない。いやそれどころか、古代の沖縄の制度を解明しつつ、しかも長い時間のうちに発せられずにうずくまっている、遠い民たちの声を身ごもりながら、いさおしを顕ちあらわすふところの深い思想者でもあった。今後学問の分野、思想の分野、文学の分野から、この表現者の仕事を修正しなければならない部分は多いと思われるけれども、伊波が若年においてすでに政治家になることをめざしたということは忘れてはならない。前に伊波は初期においてすでにひとかどの状況論を提出するラディカルな構想をもっていた、と評価したのはそういう文脈で考えなければ意味をもたない。危機としての学を支えつつなお状況の現在性に言葉の深度を試さざるをえなかった伊波は、琉球の伝承のやさしさに眠ることのできなかった魂を、ぼう大な領域にとき放つ以外になすすべを知らなかったのだ。

私はいま伊波の表現の、トバ口にきたにすぎない。しかし文体の詰屈とした力のうちにひそめられた悲哀は、現在の私にまっ直ぐにとどく、といえよう。実証の手つづきをふんで言語の日本との同質性を述べ、習俗の類似性へ及ぶ叙述は、その学問的な妥当性としてよりは、民を救抜するためにあみ出した夢のつよさとして胸をうたれた。この夢をとり去れば、伊波の学問の古びた部分は析出できると思うが、いまはおく。

さて私らはどういう方法をとるか。まず実証はその強さを肯ないつつ、南島がなぜ、あいうリフレーンの重ねに単純な力をこめることができたか、という心性の原型から掘り出さねばならない。やはり『おもろさうし』に夢を投じて夢を鎮静しつつ、沖縄の民の原型を造型せねばならない。

(十ノ二四)

一ゑけ、あがる、三日月や、〔上がる、三日月や〕
(又)ゑけ、かみぎや、かなまゆみ〔神ぎや、金真弓〕
又ゑけ、あがる、あかぼしや〔上がる、赤星や〕
又ゑけ、かみきや、かなまゝき〔神ぎや、金細矢〕
又ゑけ、あがる、ほれぼしや〔上がる、群れ星や〕
又ゑけ、かみが、さしくや〔神が、差し櫛〕
又ゑけ、あがる、のちくもは〔上がる、虹雲は〕
又ゑけ、かみが、まなきゝおび〔神が、愛きゝ帯〕

なぜ自然の情景を、神の眉《(ママ)》や帯として表現したのか。古代の人たちは、おそらく天体をみて、その闇の底に澄み透る未知の畏怖に心をひらいたのだ。その虚空《そら》は言葉で捉えることのできないものならば、そこをみつめることは身の冷えるような厳粛を覚えたにちがいない。たとえば戦前の村はランプがただ一つの明りだけれども、その光りは外に広がるよりは、内部に集まって家族の心をひとつの静謐という状態にみたしたのだ。その息ぐるしさからのがれ、よく縁側に出て星を見た。どうして星はあんなに遠いのに、いや遠いゆえに何か深い無言を伝えてくるのか、少年はあきずに見ていた。家系のいきぐるしさは、魂を夜の虚空に溶かすことによって癒やされた。それは未知とも人は心をむすべるという最初の経験だった。それにしても古代の人たちは、私たちよりは、孤独を〈像〉として成立させる心域が強度にはりつめていると思われる。別の言い方をすれば、孤独を畏怖として、行為の心的な動因として感受する能力に富んでいたのだ。この一見大げさな比喩は、しかしつみ重ねるリズムの単純な力によって虚空が遍満する祈りの心性へまっ直ぐつながっている。これは伊波も言うように、和歌とは成立の根拠を異にしている。

　広大な平野と火と山の国に、あんなに自然のディティルに徹る歌が生まれたのに、南島にこんなに心域のこだわりから解きはなたれた宇宙との交感がなされたというのは不思議である。それは沖縄の制度が、謡人《うたびと》を、自然の中へ追放するような精神の分化と、気のめいるような意匠をまとわざるをえなかった和歌の頽唐まですすむ必然性がなかったのだ。ここではいくつかの問題を提出して、伊波の制度への解明を追いつつ他の機会をもつべきかもしれない。

折口信夫にかかわりつつ

1

歩行

ひかりにめしいる汀でも
人はかぐろき影に添いつつ
思いをつなげぬ虚ろにも
透る拒否の肩先に
一人の不安を止めている
今　通りすぎた道を問え
道を問うことは　きっと

惨と静まりかえる
ふり出しへきみを指しむけるだろう
たしかに煙のように血がふいている
不安は降りていくだろう
きみの身づくろう
鏡の中へ
ひとたびは　朝の戸口で
眉間を割るような光の
不意打ちがあった　けれど安らぎ
がある　不安の降りていった夜の
深部に安らぎが充ちている
つぐないはあるか？
つぐないは執着を放した
空からまっすぐ降りてきた
けれど　高い山には神は降りない
村の沈黙をあつめて
うねりをねむらせる

低い森に神は降り立ったのさ
日常にうれいは少ないほどいい
思索はさければいい
思わず大またに歩いていた
野の道に　匂いうすれる
枯草の種子をこぼして
暮れのこる　この凋落に
炎えているのは何だろうか
帰りゆくことを思いつつ
流れを押し返して止どまる
火の思索　鳥が青に溶けている
裸身が闇に沈んでいる
この休止　この空白
異貌はそこで激発ときれて
ひとはけの雲となる　無知となる
海がうねりを消している
うねりが火をさし出している

ここを汀と呼ぼうか
切り岸と名づけようか
迷う必要はさらにない
断念を降ろして水にいたる
酒を断らして沈黙に移る
声が先だと奴が言ったぜ
ほんとは声のないところで
立錐の　うむを言わせぬ
悪意が　刺しこむ際で
ひとまず傷をうべなう　それを
声と言ったのだ　訣別はいらない
奴とは会ったこともないんだから
椅子を蹴り　戸をとざし
風が死を洗っている
みどりのねむる
辺りへ　すでに歩きはじめている

〈瞳4〉

折口信夫にかかわりつつ

2

海を見ればなんであんなに心が静まるのか？　今日の海は特に荒れているのに、その波のほてりのごとき腥さい力に言葉を失っていた私の精神はつよく感応するのだ。私らが島に生まれ、海に囲まれて生きている限り、この関係は精神の生理の深いところで結ばれているはずだ。私は湖をこのまない。そこへ行けば背後に知られざるものの眼のようなものを意識して、畏怖に身体がとざしてしまう。ヨーロッパの映画に撮される湖もやはり好きではない。時間のよどみ、生命のよどみに何かうさんくさい、しかも秘密めいたたくらみのようなものを感じて、私は立ちすくむ。ところが海はちがう。海はよどまず海は荒れていても、あからさまに生の流動の無尽を見せてくれるから、私は安心してその流動に私の流れんとする暗い力をゆだねることができる。

それだけではないようだ。どうやら水平線に眼をいこわせることによって、私は内部に力点を集めようとしているかもしれないのだ。これはたぶん、私の幼年の時からの習練された無意識の方法であり、また感性のフォルムとなっていたのだと言っておきたい。海にむかうときは、出来るだけ単純な構図をえらびたい。なぜなら私らの父祖たち、なんなら古え人だと言ってもいいのだが、彼らは可能な限り単純な構図で海を、宇宙を思考し、己れの生とかかわらせていたからだ。ならば私の海への痼疾は古え人たちが、つよい単純さで内部に凝集しえた力点へ、私を位置せしめる習練だった、と今は言えるかもしれない。古い文献もいい。しかし古えの村人の感性の力点に己れを立たせることができるならおさらいいと思う。人はそれを幻視というかもしれないが、少しばかり違うようだ。日常の生活に馴れた精神をときはなつには、自分のあみ出した方法で習練を課し、もはや習練が苦痛をともなわず、意図から解かれて精神が自在をはらむところまで、いかねばならないのだ。その自在が世界に衝突して〈像〉をむすぶとき、人たちは幻視と言ったりするのだ。ならば幻視を展開するには、あのランボーのひそみにならい、合理的に、つまり完膚なきまで、精神を酷使する以外に手はないと覚悟すべきだ。錯乱にいたれないならデカダンに堕ちるのもいい。しかし合理的に遂行される錯乱はほんとはデカダンから可能な限り離れているはずだ。

古え人の単純なつよさに到達するには、これだけの手続きは必要だ。街で関係にいたみ関係を見失うとき、私は海に出かける。けれども、ほとんど言葉という言葉と切れて、波のうねりを見ているとき、私はきっとこの島の古え人と何ものかを共有しているのだ。私はつまり少し後悔さえしている。なぜならこの発見をしなければ、私はずっと古え人たちの内部にねむれる心域と浸透しあいつづける時間が長くなったはずだ、と思ったからだ。言葉に手をそめる者は、この二律背反に裂かれるよう運命づけられている。

醒めるということ。これは生の進行状態が停止されることだ。おそらく無意識をたたえて街を流れてさえいればデモーニッシュな精神をしずめることができた青年期においては、醒めるということは禁句だったかもしれない。しかし二十年間も文章を書いていると、また違う視点で現実のうちふところへ参入することも可能だということは言えると思う。つまりこうだ。醒めることの深さだけしか人は酩酊することができないのだ。これは自分に仕掛けた罠であると同時に、自分を忘れてもうひとつ大きい存在へ衝突する方法だということがわかるはずだ。もう古謡の生まれた原野に立つだけでは、古人の心域に参入することは不可能だと言うことだ。自意識をその赴くところまでつきすすめることによって、もはや身体という身体を消滅しうる次元まで追いつめるとき、私は現代という水平の感性から自由になる契機をつかめるのだと信じている。折口信夫という逍遙する魂を思うとき、私はこれだけの独白を通過しなければならなかったのだ。沖縄は海と空で、そこに住む人たちの精神を浸透しつくしているので、近代という密室の思索を受けつけない解体を、古代から集積しているので、時間という意識の世界においては庬大な廃墟を成しているけれども、密室という精神の浪費を了えた者にとっては、方法の自在をみごもるための一隅の場所になりうる、と私は勝手に決めている。タブラ・ラーサ、あの明晰な狂者たち（シュール・レアリストたち）の思索の極限に夢みられたタブラ・ラーサは、ただの空白ではない。それは人間の観念の建築を破砕して、精神を古代的な原野につき返す根源の方法であり、知の行使される極限の狂気でありつつ、知を越える透明な炎に身をさし出す態度である。言うなれば、全的な放棄によってはじめて世界を手づかみにする矛盾を生きてみる以外に近代のむこうへ歩き出す方法はない、と言っているようだ。折口信夫が沖縄を歩いて倦まないのは、たぶん日本の近代に浸透されて、現在性という平面に、存在の深さを実現することは困難ではないか、という危機に遭遇したとき、もう一度、精神を古代へときはなつことによって深さを生きることができるのだ、という確信によると思われる。

ならば古代とはなにか。私はそれを感性が単純でありつつ深さをもちえたゆいいつの時代だと言いたい。折口は近代の、観念の過剰をふるいおとすことによって、つまり山と海のあわいに眼をとき放つという最も簡単な所作を生きつつ、古え人の心に到達することができたのだ。

葛の花　踏みしだかれて、色あたらし。この山道を行きし人あり

谷々に、家居ちりぼひ　ひそけさよ。山の木の間に息づく。われは

山岸に昼を、地《ヂ》虫の鳴き満ちて、このしづけさに身はつかれたり

山の際《マ》の空ひた曇る　さびしさよ。四方の木《コ》むらは　音たえにけり

ゆき行きて、ひそけさあまる山路かな。ひとりごゝろは　もの言ひにけり

（「海山のあひだ」中公文庫『折口信夫全集』第廿一巻）

これらの歌の終句に眼を止めてもらいたい。私たちの生活からみる場合、これらの所作は誰でも成しうることであり、またどんなに単純な生活者にも生きられた心域だ。およそ自意識というのも、構えとして作為を思わせないありふれた所作によって、この魂は観念に傷ついた近代から癒えようとしている。書きことばのない古え人は、たぶん「木の間に息づく」ことで苦悩から治癒したはずだし、「木むらは音たえ」ることで、精神に顕われてくる力をもたらしたのだと言うことができる。これは日本の古代からつづく流竄の歌人たちのまぎれていった自然のふところであり、時には人界に帰ることが不可能になるほどの濃密な虚無の世界だと言ってもいい。ところでこの人界から遠い界域でさけようもなく「もの言」う魂とは何ものだろうか？　私は山の冷気に洗われて身ぶるいするような畏怖におそわれる。たぶん人界を去っているので、誰もいないけれども、声を発して「もの言」うことは誰かをあらしめることである。ならばそこに立ちのぼるのは古え人の霊でなければならない。これは近代の理性からみれば虚妄にすぎない。けれど、山のふところで、

人界から切れた辺りで声を発したことのある者にとっては毛羽だつような真実でなければならない。

私は少年時代に『おもろさうし』に謡われた城跡によく草刈りにいっていた。草にまぎれ木にまぎれていくと方向感覚を失い仲間を呼ぶことがある。ところがあまり遠い方へ離れてしまい、私の声が仲間にとどかず、ただ己れの声のこだまの消えるとき、何か木むらに未知の古え人の霊が立ちあらわれるような畏怖に、立ちすくむことがあった。歴史をもたず歴史を無視して成長する少年にとってはじめて生きられる深さの世界であり、古代と交渉する毛羽だちの体験だと今は言っておく。青年に達するとこんな心域を恥ずるようになり、また知によって、古代と浸透する畏怖を消滅させていくことに己れを形成するのではなかろうか。近代がこのシャーマンの高揚につながる部分を切り捨てて構築する世界だとすれば、また具体としての都市の現象を抽象していけば、遠近の消滅する平面しかないわけで、もはや苦悩は平面に棲むことをうべなわず、苦悩そのものの理由を射殺する〈方法〉を思想とせざるをえない。

抽象には悲劇性はない、といった画家がいるけれども、これは手仕事を否定していって、すべての像の消滅こそ像とせざるをえない矛盾を、矛盾ともしなくなるほど芸術は衰弱し、己れの最もきらう手仕事に従属する職人になってしまったのだ。悲劇性とまともにかかわり何らかの解決を提出しえない仕事がただの職人になるのは、さけようのない道ゆきであり、それどころか職人の本来もっていた空白という心部とのむき合いをも失えば、あとはただの見せ物としての価値しかない。
折口はこんな近代の頽廃をすでに見とおしていた。もはや知で知を救抜することがかなわぬならば、ただ見るともなく見ること、歩くともなく歩くことによって海と山とのあたりにまぎれて己れの中に眠る古代を甦らす以外に平面をつきやぶって深さをひらく術はないのだ。

葛の花　踏みしだかれて、色あたらし。この小道を行きし人あり

花が踏みつぶされている山路。これは私たちにも親しい。それを「色あたらし」いと見る眼は、人界を遠く去っている者にしかない深い渇きにうるんでいる。幻視は能力ではなくて生きる力が単純な力として澄みとおる、心域のえらぶ方位の炎えるつよさを言うのだ。たぶん平たい大きな足が花を踏んで去っていったのだ。そのやさしい蹂躙。その苦悩を知らないゆえの清冽な無知。人は誰でもそんなイメージに魅かれるときがある。この足は近代の心理主義的なディティルから可能な限り遠くそして力づよい。この足はずんずん進み、たぶん近代に「つかれた」この逍遙える魂の追跡しえざる早さで、山のみどりの奥へまぎれていった古え人の霊ではなかろうか。すでに海と山のあわいに消えて、具象としての熱

を去った太い足音を聞きながら、この歌びとは日本の辺境をさまよったのだ。

ところで沖縄を思い考えていると、人は誰でも陽と風の君臨する濃密な虚無に身うちをつらぬかれるにちがいない。これは虚無であるゆえに、私たちが自分の根を降ろすにたる一つの肯定を設定しえないということだ。言うなればこの近代を通過するための査証が沖縄の文化にみつからないということだ。このはぐらかし、この手ぶらはしかし人を古代の民たちの直面した感覚につれもどすかもしれない。海と空との溶けあう辺りに眼をいこわせていると、私たちは、生がもたらす一筋のキツサのような思いに打たれて、どこかへ帰りたくなる。それは集落であり、山のふところに息をひそめている無名の者たちの心域だ。そこへ帰ればきっと人間が最初に地球に発芽して、青い眩暈に洗われて立ちすくんだとき、身を揉まれるような寂しさとして感受した無のイメージが、たちかえってくるにちがいない。

洋《ワタ》なかの伊平屋《イヘヤ》の島に
いさゝかの知りびとありて、
渡り来ぬ。我ただ一人
もの言へど　言《コト》もかよはず――

もの言はず居るが　さびしさ。
かそかなる家の客座《キャクザ》に
うやくし　我《ワレ》ひとり居《ヰ》る。

賑へる那覇の湊に、
思ふ子を人にあづけて、
我ひとり　海を越え来ぬ。
そこ故に　時に思ひ出、
あやぶさに　堪へざらむとす。

（「伊平屋の村」中公文庫『全集』第廿三巻）

島の一日は何もおこらない。旅人は何もおこらない一日の濃密な虚無をうたって沈黙をしずめているようだ。これは古え人と共有しうる島のうちにある時間であり、私などのように近代の毒を吸飲している少年は、ほとんど声をあげずに発狂するような思いで、屋根裏の木もれ日に透っていた。たぶん沖縄の島に生まれた少年には親しい情景であり、親しいゆえに旅人が帰っていくのが恐いような時間の停滞があり、しかも心の深いところからゆり返してくるような畏怖に首をつかまれて、少年は屋根裏の部屋で耳を澄ましているのだ。

異郷！　少年はよく寂寥のはてにそんな未知の顕われを待つことがある。旅人のもっている匂い、それは異郷の匂いであり、一日なにもおこらない村の家に陽のやわらぎをもたらして去っていく。なんで少年は旅人に対してあんなに深いまなざしを向けるのか。旅人は父に会いにきたのに、少年はあたかもこのこもれる家が、そのまま彼方にある、あるいは海底にある宮殿のように光が濃い密度で部屋を充たしているように思ったりする。折口信夫はきっと少年にこんな思いを残して去っていった旅人だった。「もの言へど　言《コト》もよはずー　もの言はず居るが　さびしさ。」と、なにか古えからさしてくる避けえざる眼に打たれたように、しかも生そのもののよるべなさに耐えている暗い快楽を少年に理解することは困難かもしれない。いやマレビトは村の少年にとって決して理解しえない孤独につきうごかされているゆえに、この背きだけが少年の沈黙を透明にする。今はこんな少年はいないだろうか。暗い顔でしかも夢みるように澄んでいる少年の眼は、一人の旅人がどういう出生の者かしらずに存在のもつ親和を知っているはずだ。

この少年と旅人の関係は近代の観念から無縁な分だけ、近代の終焉へむかって歩き出そうとする知の受難と浸透しあっている。近代は古代的な感性から切れることによって、人間が誰れとも寂寥を分ち合えない存在であることを証明し、もはや寂寥をも明晰にきわめることによってすべての悲劇性からみはなされている。ならば私たちはそこに抽象として炎えつづける一個のエネルギーとして存らざるをえない己れの思想を、どこへさしむければいいのか？　折口信夫の沖縄へ赴く衝迫の背後にはこれだけのモチーフがすでに生きられていることを知っておけばよい、島は島だから、未来へむかってその特性を突きだせばいいのではない。島には未来がなく、ただぎりぎりの位置にとどまること、主張しないうずくまりの重さのような無言に打たれて生きざるをえない必然を、いまはどこへでも歩きだせる一歩としなければならない。

彼らが単純なのは稚拙だからではない。いやほんとうは稚拙かもしれないし、粗野といってもいいのだ。もう私たちは稚拙と粗野という言葉以外に、深さにつながる直接性を見いだせなくなったのか。街で売っているヤサシサなんて嘘っぱちだ。それはおしつけがましく深さのもつ無愛想な手ざわりから遠い。私にしたって島の稚拙と粗野にはうんざりすることがある。少年時から本という毒を服用して心をしずめていた私は、またあの村から遠いところにむかって歩きはじめていたのだ。したがってまた私は旅人のように、いま村からは異様な眼でみられているかもしれない。

流浪！　私の青春はこのデモーニッシュな魂をなだめるための流浪だったかもしれない。流浪というのは無駄な情熱である。無駄であるゆえに流浪は浪費でなければいけない。生活者からみて何ものをも所有していなくとも、この無駄な情熱は、やはり最後の所有だったと言えよう。この所有を浪費していけば私はほんとに喪失という明澄な感情へ到達できるかもしれない。わが青春のスキャンダルはすべてこの喪失を手にいれるための愚行だったと今は言っていいかもしれない。

　喪失はあるのか。街ではヤサシサが商品になって感情を過剰にするから、喪失はやってこない。私は沖縄の辺境の渚ではじめて喪失の思想に到達しえたと思っている。わが愚行は何ものも加えず、ただ己れを失う方へつきうごかす熱情にすぎない、という思い。このめいるような認識は私を島のうちふところへさしむけるきっかけになったかも知れない。折口信夫の声を低くした歌い口に私は二十年の浪費のあとやっと親和をもつようになった。

うちつゞくふた間とほして、
隅深く見ゆる床の間―。
　ほの暗き　その床のへに
　火の神は　齋《イツ》かれいます。
神《カム》さびて見ゆる　三つ石
三つながら　頭《カシラ》焦げたり。
　家びとも　伝へを忘れ、
　村びとは　知ることもなし。
沖の石　こゝに潜《カツ》き出《デ》
据ゑしより　幾代《ヨ》経にけむ。

三つ石の　神石《カムイシ》に向きて
島びとのすなる拝みを
まねびつゝ　我がする時に、

火の神の心や　かよふ、
我が心　和《ナグ》しくなりて、
床の間に向きてをちゐぬ。

（「伊平屋の村」中公文庫『全集』第廿三巻）

沖縄の村々にある習俗を信仰として考えるにはどこか、その古び、その観念の希薄にとまどいを覚える。しかしここには宇宙と無言を媒介にしてつなごうとするつよい希求があり、私たちを単純な力で充たしてくれる。火の神の信仰はそういう古びによって洗われ、古びているゆえに、時間の推移にたえて、私の心部に触発するものをもっている。折口信夫はこの民の精神の中へ「まねび」によってはいっていける明澄な心をもった歌びとであり、近代の観念の、過剰をつき抜けていく勁さをもっている詩意識だ。現代において古えの神域へ参入するには、観念の過剰を抽象していく方法と、低声で存在の深奥の火を呼び出す想像力が必要だと思われる。ところで沖縄の詩はなんであんなに観念の過剰にシンギンしているのか。すべて近代へ上昇する方法として自己を推しすすめているうちに、観念が平面として広がり、ゆえに言葉は物質的な相貌をあらわし魂を扼殺する方へむかっている。青年は抽象の極点に〈絶対〉を夢みるので、相対としての身体にしか棲めない魂は殺されざるをえないのだ。この魂を殺すことによって、思想という普遍にいたろうとする。しかしその観念は抽象の極点において、単純という力に変貌しないかぎり、それ自体が物質であり、事実であるような平面で、詩は殺されてしまう。かりに私はそれを観念の自然主義と言っておく。抽象にいたれない観念の暴力、それは自然主義であるという意味あいで、決して詩という虚の燃焼にはいたらない。折口の詩をよんでいると、何か魂の休息、事実の世界から遠くへ心をさしむけることが可能だという思いになる。現実の猥雑を通過してきた精神はそれだけでは、何ものでもない。過剰であることはそれだけでは何ものでもない。そこには遠近をひらく精神の力がない。彼方へ、未知へ存在を変貌させるきっかけがない。折口信夫は彼方へ憑かれた精神であり、人を彼方へさそうものは簡単なおどろきであり、宇宙へつなぐ魂の原型だということを知悉していた詩人だ。

この旅人が沖縄の古え人たちに、ほとんど血のえにしをたどるような想いで語りかける文体を、私はどう解釈すればいいのか。研究者風にそれがなせないとすれば、この旅人の生において喪失がいかに深いのか、そしてその喪失が地に根をおろして生を全うする民たちとのかかわりにおいてではなく、たぶん学殖と詩神によってもたらされたことを知ればいいのか。この流浪の詩人は日本の島々を渡りつつ、おそらく生涯にわたる寂寥のふかさを、己れの出自を求める風に、踏査し、そこに霊を祀られているマレビトたちの青い眉間を現出することによって、とどまらざる魂をとどめようとするだけだ。したがって折口信夫を土着の思想者たちと同族とみるのはつつしまねばならない。この詩人はなぜ生涯旅しなければならなかったのか。これは生活という安全な世界に己れをつなぐことで、生の意味を忘れ、生の意味を成就させることを信じなかった者のひとつの宿命かもしれない。これは日本のモダニズムが風土の中で、その非構築的な集積として思考をつきくずし、島の秩序から単独者を孤立させる運命に符合し、しかも彼らの倫理と化するまでに固執された風土への潔癖性のもたらすデカダンスは少なくともさけられている。それはこの詩人の方法において、いわば人間の存在を解する構図が、知識として平面に集積される量的な方向へではなく、古代へ、見えざる者へ、可能な限り抽出されて原型をうき上らせる直観の力をきたえる質的な方向へ明確化されるところに由因がある。

おそらく文献は多量に渉猟しつくされただろう。しかしそれにもかかわらず、折口の学風が、文献の扉に直観の力で中心を射当て、それを助けるように文献が呼びだされている印象を与えるのはなぜか。それはこの詩人が己れの身体によどんでいる古代的な感性をよく島々のマレビトたちの眉間のきわ顕ちに重ねることに成功しているからだと言えよう。

うち萎《シナ》え出で来る　見れば―、
舟底ゆ　人に牽かれて、
哭き腫《ハ》れし顔も　掩はず、
かくだにも　なほ興奮《キホ》ひ泣く
猛々《たけだけ》し　我弟《ワオト》名和四郎《ナワシロ》。

兄我に向きて哭《ナ》く音《ネ》の
うち喚《オラ》ぶ声の、はげしさ―。
ひたぶるに　面《オモテ》な伏せそ。
汝が面《オモテ》　我に直《ヒタ》向けよ。
　名和四郎《ナワシロ》よ。我弟《ワオト》よ。汝《ナレ》よ。
目疼しや―。汝《ナ》が肩裂けて、
ま白なる膚ゆ　落《ア》ゆる血―。
胸づたふ血汐ぞ　可憐《メグ》き。

（「月しろの旗」中公文庫『全集』第廿三巻）

こういう言葉を読んで私は何を語ればいいのか、とまどってしまう。これは明らかに錯乱であり、また知によって形成された自意識の崩れである。名和四郎の白い肉の破裂に、この詩人はほとんど性的な快感をおぼえ同時に泣いている。これは私の感性とはちがう。しかしちがうゆえに、この詩人の異貌としての暗さと深さが私の心部をつらぬく、と言ってもよい。この詩は沖縄の古代に、海彼から流離した若者を思いつつ、折口自身の出自の背後、血がよどみ、血が噴き出る係累の遠いえにしを溢れしめしている。たぶん日本の都会で、しかも深い学殖によって立つ生ま身の折口から、その係累につながる、うとましい親和は希薄になりつつあったかもしれない。日本の近代は血のうすくなる関係の不可能、いうなれば、不可能こそを己れの根拠とする以外なす術を失うアポリアを、知によって上昇した折口は深く感受していたにちがいない。そうでなければ、この「月しろの旗」の倒錯された肉へのおののきは解けないのではなかろうか。少年の白い肉、それはすぐれて日本の古代を思わせるイメージにちがいないけれども、それにほとんど全身的に没入しうる精神は近代の毒を充分に喫した者の生理によって支えられている。

渚に立つ。これは寂寥から立ち直れない者がなすことのできる最後の行為だ。古代からこの島の渚に立った者は無数にいたようだ。しかしそこまでは人間がごく自然に精神からのがれ、精神へ立ちかえる習練といっていい。問題は水平線に眼をいこわせようにも、何も見えないこの荒廃に、見えざるゆえに著しく顕つ幻に灼かれて、ほとんど帰るところを失った魂を、私はどう解けばいいのか知らない。こういう魂は、村の民とさしむかいに話してもおそらく自分の言葉をいこわせる場所をみいだせないにちがいない。島々の原民たちの理解を絶しているゆえに、折口と原民たちのさしむかいは、存在の原型としては最も裸身をさらした構図をつくりだしているはずだ。きみたちと私は理解しえないゆえに、きみたちと私との関係には虚偽は成立する余地はない、という存在論的な構図を、白い骨のように透かしている。「もの言へど　言《コト》もかよはず――　もの言はず居るが　さびしさ」という村の最も常態としてのさしむかいが、ほんとは古代からつづく人間の寂寥に浄化された明瞭な関係として私には感じられる。「言もかよはず――」という否定辞を含むフレーズは、民俗学にたずさわる者には、とび越えてゆくべき障壁だろうが、折口信夫はこの透明な障壁が、人間としてとび越えることが不可能な距離として自覚され、距離のみが生みだす透明な浸透を達成しているのだ。民を学問の対象とするか、魂のむきあう存在ととらえるかによって、両者の展開は逆の方へすすめられる。まだそんなに多くよんでいるわけでもないが、折口信夫の作品に私が親しみを覚えるのは、ただそれだけの理由による。

　沖縄は海にかこまれているので、時間の流れとしては、いつでも潮風に揉まれながら、生活の具体の消える方へ、言葉という文化の消滅する方へ私たちを馴らしていく。二年ほど前、娘をつれて街という猥雑からのがれるために北部の海へ行った。私は海が好きな部類に属するが、その秋日の風のたえた午後、波をとどめ、動きをしずめている海をみて毛羽立つような恐怖を覚えた。波があるからその重なる音の力によって私のとざした精神は彼方へつづく同質の遍満に身をゆだねることができるのだ。この日は波がなく、みどりの濃いよどみを見て、引きこまれるような畏怖を覚えたのだ。辺土名の紫にけむる山なみに眼を投げて、その畏怖から逃れようとするけれども、もう手おくれだ。この濃いよどみと私のウツは深く結ばれて決して離れようとしない。これは自分でもあまりいい気持ちではない。この海をみていると、この海沿いの村に人々が住んでいるという温もりが感じとれない。おそらく古え人がこの渚に初めて感じたであろう自然の不透明な恐ろしさを私は見たのかもしれない。

宮良《メイラ》という村の海岸洞窟から通ふ地底の世界にいる（又、にいる底《スク》）と言ふのがあるのは、にらいと同じ語である。此洞からにいるぴと（にらい人）又はあかまた・くろまたと言ふ二体の鬼の様な巨人が出て、酉年毎に成年式を行はせることになつてゐる。青年たちは神と言ふ信念から、其命ずる儘に苦行をする。而も村人の群集する前に現れて、自身踊つて見せる。暴風などもにいるから吹くと言つてゐる。さう言へば、本島でも風凪ぎを祈って「にらいかないへ去れ」と言ふことを伊波普猷氏が話された。にらいかないは本島では浄土化されてゐるが、先島では神の国ながら、畏怖の念を多く交へてゐる。全体を通じて、幸福を持ち来す神の国でもあるが、禍ひの本地とも考へて居るのである。

（「妣が国《マ》へ・常世《マ》へ」中公文庫『全集』第二巻）

これは沖縄の言語、習俗を踏査すればはっきりする部分だと思うが、また海をあかず見ていた沖縄の古え人の感性の深いところで、つくられた精神のゆくえを、きわめて自然な分析でとらえていると言えよう。マレビトは未知なるゆえに、島のとざされた民たちにとっては、同質に浸透されて心の力点を失うとき、ひとつの異郷として生を突きうごかす転換となりえたと思われる。またほとんど血の濁りを相互の抑制によってしずめ、自然のもたらす不安をしずめていた民たちにとって、海彼から訪れるマレビトの未知としての異貌は、己れの存在のまずしいうずくまりを突きくずす不可抗の外力として怖れられたとしても何の不思議もない。私は去年、ある写真集をひもといているうちに詩を書くことになったことがある。久高島の神祭の記録だったが、ある写真に眼が止まりしばしの間、眼がはなせなくなった。それは木の枝をかざすように持ち、海から上ってくる神女を写したものだが、これは明らかにニライカナイへの畏怖と親和を同時に、しかも間然するところなく身体に依り憑かせている像だと直感した。おそらくこの映像は私の感性の深部にねむる古代の力を呼びおこしたにちがいない。

現代の民俗学ではもっと明確にそれらの習俗を解き明かすところまで、来ているかも知れないが、畏怖と親和が背きつつしかも深く融合した心域からたち現われる像は、折口信夫の考察を証明するつよい前提になると思われる。折口のニライへの言葉の進めかたは私たち沖縄の歴史へのはいり方としては正しいとせねばならない。ここからあとは、私たちの詩の世界が開いてくれるかもしれない。なぜなら、マレビトはすでに神ではなく、また浄土という感情もリアリテのある幻想としては成立しえないとすれば、此岸に立って、海彼へ投げるすべての幻想は消滅しなければならないからだ。この消滅は私たちにとっては自明であり、また村々に生きる人たちの中から古俗が消えても、浄土のないこの島で、ただ関係をひとつのリアリテとしてきたえ直す方法はありうると考えられるからだ。私は〈異質〉という言葉で、ひとつの詩集を成立させることができた。それは関係を、この猥雑の街に消滅させる方向へだけ生きいそいでいる現代の風俗を通過しつつ、消滅をくぐることによって〈像〉を救抜するには、ただ〈異質〉のつよい異化に己れをゆだねる以外に手はない、と思えたからだ。これは何も突飛なことではない。折口信夫は四十四年も前に「言《コト》もかよは」ず、関係の意志すら捨てて、放心しつつ言葉にかかわらぬ世界に沈んで、村人と寂しさとを交《カヨ》わす方法をあみだしているではないか。むろん私とはぴたりと重なりはしない。私の〈異質〉は関係への意志を力として支えるつきない無意識の深さだが、折口の関係への放棄は、力から無縁になることで村の同質の奥に一筋の自在を信じている。ともあれ、島の人たちは言葉を交わせすぎるのだ。いや交わせずにもう理解という共有を確認することを急いだのだ。私はそういう相互浸透のつよい集落にいると、ほとんど眩暈のために不快を覚えてしまう。この世界に私たちがあまりに肯定的になると、詩を成立させる意志を溶解するはめにでくわすのだろう。もうこんな世界では魂は窒息するしかあるまい。そこでは島を言葉の世界に成立させるよりは、島という事実性を、物という威力で詩を消滅させる風に現象させることしかできないだろう。異質をみつめて息をのむ。この酔えない意識を行きつくところまで推しすすめれば、快楽と拮抗する鋭い一行が走る。私はいまそれを信じようとしている。どうやら私もそう若くはないのだとすれば、ひとつの感性の深さを生きるには、三つも四つも緻密に苦業をしかける知の操作をたやしたくない。むろん日本の私小説に演じられた実行の論理とはっきり区別せねばならない。知の操作というのは、生活をできるだけ文学と無縁に、無意識に生きるという覚悟にすぎない。これはたやすいようだが、四十をすぎれば、無意識に到達するには、また構えをとりはらって、みることが必要だ。この街は無意識を生きることのむずかしい場所だが、したがって激越な青年という鈍い精神に適した地方だが（激越は現実への批評ではなく、むしろこの街の要求するごく自然な心性だ）、私のささやかな試行はつづけられるだけだ。それにしても夕ぐれになると一杯の泡盛がほしくなるときがある。関係への熱から切れていても私はまた刺しこむような虚無に打たれて感性が起き上るのを感じる。手ぶらで夜の街を歩く。これは論理から遠く私が最も意識から遠く、言葉のかかわり知らぬ領域を充たしているときだ。無意識をたたえる、これは矛盾か、しかし私はそれを信じている。手ぶらであり、意図をはなたれて生きるゆえに無意識の層が厚くなる。ここから私は何度でも出立することができる。

柳田国男にかかわりつつ

1

方法

書くことが何もない
ならば　草のうねりを見ればいい
無言と切れながら
無言の立ちくる
めまいを深さと名づけておけ
草は意志をもたない
草は意志を離れて

うねりを炎えたたせた
これはきみを見失い
きみへさしむける前提だと思え
きっときみは完結へとどこうとした
けれど息たえるように
血けむりが昇ったのだ
なまぐさい無知が立っていた
光の死にたえたあとに
闇が無知を洗っていた
ここは係累から遠く
波のたたまれた沈黙の
ねがえりに　錐がめざめている寝台だ
歌は血のうすれる
深更の飢えにゆだねて
おのれの渇きをねむらせた
男は拒否を洗ったか
崩れる波にたたかれて

男は拒否を沈めている
沈めるということは
火に見はなされた者が
恥辱にぬれて凝集する
最後の方法かもしれない
今は誰れへともなく
しかし　きみを避けえずに
沈黙の理由を突きくずしている
理由は崩れながら
理由よりは暗い
内部の直接性に
ほとんど打ち砕かれている
距離によって　私の
混乱を中断せしめる
きみの言いよどみ　私は
事実を書いているのではない
昨日と切れる虚ろに

凝集する暗い力を
雨に止どめて
言葉を介入させずにいる
奴は　それを不安といった
人の不安を笑う
《ヤツニハジャリヲ喰ハセロ*》
渦のように激しいようだ
火のように透明だ
きみは瞳をとざした
うねりは波を止どめ
空が青をとざして消滅したようだ

〈瞳5〉

*秋山駿

2

海を見る。坂を下りるとき、ごく自然に眼を放すと海が見える。これは島に生まれた者にとって有りふれた、しかも最も楽な姿勢だといえる。海は青いか。青いというより今日は霧にけむって黒ずんで見える。私は少年時代に海を見て草を苅るのを忘れていることがあった。海を見ていると気が晴れるのではない。しかし遠さへ眼を放すというしぐさの中に人間はなにか暗いうながしを見ることが可能かもしれない。村にいる者は人とのかかわりに過剰な思いをしいられ、避けようとして避けえざる内部のまなざしに息のつまるような意識を現わしてしまう。海を見るとはそういう過剰な思いのもつ誠実であるゆえの鈍さから離れようとする試みだ。

これは関係に反し、労働に反する危険な遊びである。私が使用人たちからまぶしいような眼つきでたしなめられたと思ったのは、おそらくそのせいだ。これは私の関係の思想における小さな事件だと言っていいかもしれない。関係とは人と人が異質でありつつさし交わす意志のつくる世界であり、それを成りたたせるのは優しさよりも、眼をそらさぬ直接性なのだ。私は彼らと労働しておそらく村の人間のもつべき感情のひとつの型をおぼえたかもしれない。労働する者のあふれる直接性に対しては、稚拙でも不器用でも己れのあふれを直接性として対面させる。これはたいして知恵のいるものではないし、眼と眼をかわしつつ身体に習練する以外に手はないと思うべきだろう。

私はほとんどその村人たちの眼をそらさぬ直接性に傷ついていた。いや脱落していたかもしれない。「あの人はまともに人の顔も見ない」という言葉が大人たちの間で話されると、一瞬私は立ちすくんだ。私もその一人ではないか、私も眼をそらす以外に彼らの中を通ることのできない変奇な者ではないか、という思いにかられた。小学校一、二年の時は、ほとんど学校へ行くのを拒否していた。光が過剰にあふれている校庭で、何か見えざる者にみつめられているように従順な上級生たちの静まり返った教室の前を通ると私は自分が試練を経ていない者ではないか、と恥じた。親と姉に手を引かれて、いやいやながら二年を過した。戦争はすでに始まり、遊びは少なくなっていた。そのころ海へ出ると荒荒しいゆえに私のあふれはためらいなく波のくずれる音にひびき合った。

　なぜと問う必要もないのだ。島に生まれた者はとじこもることもできず、村を過ぎれば、すぐ海に出られる。水平線の彼方は煙っているけれども、関係にけずられる精神は、彼方という方位によって固有の芯を沈めるのだ。これは私が自閉になっていたからではない。労働のあと畠の畦で休んでいると、大人たちはよく海のこと、天気のことを話している。程度の差はあっても、誰でも海を見て、海を語ることによって労働によってねむらされた心を立ちのぼらせているのだ。真昼のユーナの木の間から立ちのぼる農夫たちの煙草のけむりは実に深い色で空に昇っていた。あの休息、あの無言、父と子は話すことを失って、しかもほとんど休息の中で触れ合っている。もうそこへ帰れない。そういう父も居ず、そういう子もいない。未来に夢を描くことがむなしいように、過去を美化することもさけねばならない。しかし関係はけずり合い困難を生きとおすことによって、もはや言葉の成立しない空白にただ座っているという在り方によって、その原型をはらむことができるものだ、と言っていいかもしれない。農業のあとの休息は私に言葉をみつける才覚を与えなかったゆえに、無意識のうちに関係を成就させる方法を教えたかもしれない。

柳田国男の本を読んでいると、私は遠い村をふり返らずにはいられない。ふり返るということは失われた者をふり返るときだけ私たちの眠れる必然を呼びおこす力をもつ。柳田は沖縄を歩いて何をたしかめようとしたか。まず日本の民族の遠い源を思いつつ、小さきもの、古びたものを手にのせて、それを古代を解くキーワードに洗い直そうとする。釈迢空が断絶にわたす直感を、村の古俗に当って実証する方法ではなく、小さきもの、古びたものを無限に集めて、それらが協和する連想によって原型を囲もうとする。こういう学問は勁い体力を要するものだと思うし、またおよそ私たちが予想することすらできない広い知識の蓄積がなければかなわぬことかもしれない。しかしこの両者はただむき合っているのではない。小さきものたちの共鳴が柳田において一つの壮大な宇宙をひらくゆえに、その知識はディティルの密度を通して実現される表現になり得ている。声を落して、観念を背後にひそませて、うまず民たちの生活の原域を語りつづける秀れたリアリストだと言っていいかもしれない。リアリストは結論をいそがない。自分が語るのではなくものが語る。これはすぐれて詩人の資質をもった学者にしか果せない仕事だ。たとえば三河の伊良湖崎での経験をこう書いている。

今でも明らかに記憶するのは、この小山の裾を東へまわって、東おもての小松原の外に、舟の出入りにはあまり使われない四、五町ほどの砂浜が、東やや南に面して開けていたが、そこには風のやや強かった次の朝などに、椰子の実の流れ寄っていたのを、三度まで見たことがある。一度は割れて真白な果肉の露われ居るもの、他の二つは皮に包まれたもので、どの辺の沖の小島から海に泛んだものかは今でも判らぬが、ともかくも遙かな波路を越えて、まだ新しい姿でこんな浜辺まで、渡って来ているこ とが私には大きな驚きであつた。（「海上の道」）

この経緯は友人の島崎藤村につたえられ、誰でも知っている「椰子の実」という詩になったわけだが、この文章をみてもわかるように、藤村の詩と柳田の経験はそっくり重なると思ってはいけない。柳田は同じ地方を歩き、同じものを見つめているうちに、学問の資料では、到底つきあたることのできない現象に出くわしたのだ。普通の人なら椰子の実の流れついたのを見て、別にさしたる感慨もおぼえないと思うが、同じものを見、同じ地方を歩いている繰返しのうちに「重波寄《しきなみよ》す」る国だというひとつの実証をつかむのだ。ただ注意すべきは「割れて真白な果肉の露はれて居るもの」を記憶にとどめていることだ。無意味にみえる小さきものを凝っと見つめている深いまなざしは学問だけに根をおろした知識からは生まれてきようもない。これはこの学者がかつて詩を書いたことがあり、そこできたえられた精神の直截性の力によるものと思われる。一個の椰子の実から、「重波寄す」る国を確かめ、しかもその波にはこばれて、その国に住みついた遠い民たちを連想する。ひびき合いの推理は、たしかに詩人のフレーブとフレーズが異質でありつつ結びつき、しかも全体として言葉の規制からとかれて〈像〉を成立させる過程を思わせる。しかし柳田はそれを己れの表出として打ち上げるのではなく、小さい標本のように並べて見せる。詩を断念した者のはにかみと見ればいいのか。とにかく表現を禁欲することによって実証に到達しようとする精神は健康だと言っていいと思う。それにくらべ藤村は、椰子という小さきものの流れてきた遠い原域を思うことによって己れの内部の暗いあふれを止どめようもなく、表出する。これは人間が存在の内部に眼をとどかせようとするとき、必然としてやってくる原域、すなわち異郷への知られざる衝迫を、椰子という小さきものの盲目の漂流に託しているのだ。

いまはそれに深くたちいらないことにする。ただ民の習いであり、俗《なら》わしである時間の消えんとする細部を定着するには、また小さきものを鮮明に手のひらに立ちのぼらせて、己の背後にかくされた生活の全姿を構成しうる詩人の才能がなければならない。言いかえれば、この現実という打算とかかわる思考をすべて棄て、外から侵入するすべての観念を消去し、ほとんど何も住まない心部を自在に生きる者のみが小さきものの鋭い喚起の声をきけるのだ。「神は細部にやどり給う」と言ったのはフローベルだ。細部がだめなら、どんな壮大めかした思想もすべて瓦礫の山にすぎない。
それでも私には、この旅人の旅へおもむく必然が捉えられているとはいえない。日本の原民の遠い源を訪ねる理由はわかるけれども、訪ねて行けば必ず僻陬の地にいきつくはずだし、近代の教養で思想をくみ上げた学者が、僻陬から僻陬へ足を運ぶときに襲ってくるさけがたい寂寥に、この人はどうけりをつけていたか、知る手がかりはない。確かに日本の伝統をかたちづくる旅人のイメージはこの分野に受けつがれていると思うけれども、もはや西行のように「花のもとに」て死するほど自然が彼の精神を見守ることもなく、芭蕉のように僻陬を回って連句の座を出現しうる心のつよい共鳴がないのだとすれば、庬大な知識を消尽して、民の単純へ到達する、という矛盾を生きる以外になすすべはないのだ。これは詩人の苦悩から身を守る唯一の方法であり、近代から蘇える秀れた方法だと言えよう。

独り糸満の海底生物学のみと言はず、かつては沖縄文化の中枢とも認められたトキ取り・エカ取りの知識なども、人こそ知らね年久しい自然観察と、その丹念な綜合とが基礎となって、農耕漁撈の生産面は言うに及ばす、神祭や生死の儀式にも一貫して、力強い指導原理を打立てていたらしく、単なる方術の類でなかったことは、僅かに残った遺跡からも窺われるのだが、惜しかな文字の記伝に乏しく、外部に立つ者にはもう利用することができない。

（「海上の道」）

知識人という種類は自分が近代へ上昇していく過程で棄てていった生活の細部を何ら恢復せずに、背のびしてつかんだ図式を大衆の頭上からかぶせていく。これは細部を失った思想である限りにおいて人の心にくいいることができない。柳田は民、長い月日にわたって時間に洗い直された技術や知識を、近代の文化の到達点から捉えるのではなく、それを支えている素朴な力として拾い上げる。南島は文字によって生活を記述するまでに、永い伝承によって自然にむかう方法を身につけたのだとすれば、その文字以後の、希薄という息づまるような空白は、近代を、距離をとおして検証しうる位置にあるといっていいのだ。ただ現代の実情は私の論の立て方とほとんどかみ合わず、近代を精神として通過しえず、量として受容するだけだと思うから、この論と直接かかわらす必要を感じない。

南島の伝承が存在の内にねむる沈黙に鳴りひびくとすれば、素朴な知恵を体験に汲み、これを宇宙に投げ返すことによって、その力の及ぶところを確かめつつ伝承に広がりと深さを与え、人間のもっとも太いテーマである「生死の儀式」まできたえなおした根源性にこの要因をみとめねばなるまい。もはやそれは知識ではなく、「方術」でないのは当然だ。知識はそのものとしては決して存在の救済になりえず、ただ量として拡散するだけだ。「方術」は技術という意味あいでは労働の機能性にゆきつくしかない。けれども古代においては、知識はすべて世界と息をつめてたたかうための関係であり、技術は効果とかかわりなく生を持続するための決断だったのだ。沖縄の古代の俗わしが私たちの心をうつものがあるとすれば、その古朴な知恵が、実は世界とむき合う人間という不安な存在を鎮まらせる力をもっていたのだという必然に対する驚きに発しているからだ。

「世ぅ捨てぃてん　身い捨てぃんな」この言葉が好きだ。いつごろできた言葉か知らないが、私の母はよくこんな言葉を口にした。世を捨てる。これは幾通りにも解釈できる。共同体と切れる。現実から脱落する。財を潰す。もうよそう。これは近代に毒された私の解釈にすぎない。要するに己れが苦悩し、たたかって精神を展開する〈場〉を失っても、己れを存在として立たしめる知られざる執着を手ばなすな、という謂だ。私は日本の中世に魅かれながら、それを心に集めて展開する磁場がみつからなかった。沖縄には中世がない、という嘆息を止められなかったのだ。しかし私が精神の病いにおかされ、ほとんど関係を拒むしかないとき、母が電話で「世ぅ捨てぃてん身い捨てぃんな」と言ったとき、私は卒然と悟った。「花のもとに」て死することをねがった西行の浪漫はないけれども、虚飾がなくひとふりの棒のような倫理は、また日本の中世とひびき合うものをもっている。それから私の中世の歌人たちに対する考えが変ってきた。世を捨てる。捨てるということはいい。世を捨てることによって現実は沈黙の深さを露わす。この深さを露われとして汲み上げるとき、人は「花のもとに」て死することを思う、精神の自立を手に入れるのだ。現実をすてて、内部の空隙を知るとき人は己れ自身を全現実と化するのだ。この矛盾をさけて詩に到達することはまずありえないはずだ。つまり日本とか、沖縄とかを孤立した特性として抽り出しても何の意味もない、ということだ。深く自分の存在を降りていけば必ず民たちの古朴なディティルのねむっている聚落へいきつくはずだし、まだそのもの言わぬ民たちの生活のディティルに口をつければ、地理的な遠近は消滅して、異郷の言葉は、異質という孤立ゆえにその深まりで通底している、と私は考える。青春のユートピア思想のもろさを次第に消滅させたあと、つまり未来社会への幻想が死したあと、一つ残された夢は、この孤立という深まりで外部から遮断されていた古代の民たちの生活のディティルは必ず呼応するはずだという思いこみだけだ。

そこでいよいよ私の問題の中心、どうしてそのような危険と不安との多かった一つの島に、もう一度辛苦して家族朋友を誘うてまで、渡ってくることになったのかということになるのだが、私は是《これ》を最も簡単に、ただ宝貝の魅力のためと、一言で解説し得るように思っている。秦の始皇の世に、銅を通貨に鑄るやうになったまでは、中国の至宝は宝貝であり、その中でも二種のシプレア・モネタと称する黄に光る子安貝は、中国一切の利慾願望の中心であつた。今でもこの貝の産地は限られているが、極東の方面に至っては、我々の同胞種族が居住する群島周辺の珊瑚礁上より外には、近いあたりには、これを産する処は知られていない。（「海上の道」）

日本の民族の原系をたずねていって南島にたどりつき、宝貝という小さいものにまつわる習いと俗わしを集めているうちに、日本の民族の原系が、当時「至宝」とされていた宝貝の魅力にひかれて、列島に移住した、という推理を完成する。現在の「起源論争」に容喙する興味はもち合わせていないが、おそらく北上した古代の民たちの中には、たしかに宝貝に魅かれてその列島に住みついた者たちがいたかもしれない。これが歴史における説得性をもつかどうかは、ひとまず措くとして、小さな貝をみつめて民族の原系を思いみる柳田の柔らかい視線、血のまわっている小宇宙に私は心をうたれる。それは海にとりまかれた私などの心的な体験においては、リアリテをもった思考法だといわねばならない。文化という物量で汚されている陸はどうでもいい。量でふさがれた陸にはもはや古代へむける視線をいこわせるものはない。しかし海へ想念を投げると、それを受けとるものが何もないゆえに、時間の経過を一気にとびこえて、古代が見えない原系とつながる心部の不定型が波だってくる。これはきっと原理的な意味で、島を解明する手がかりかもしれない。柳田は詩人ではないから私の言った風に思考を集中するのではないかもしれないが、彼は貝というものにほとんどモノマニアックに固執することによって、海から吹きよせる遠い民の見えざる像を成立させようとする。サルバドール・ダリの絵などには、夢に固執することにおいて、この世に存在しない事物をほとんど写真ほどの本当らしさで存在せしめている絵が多いけれども、これは事実と対応させてはナンセンスである。ダリの夢として、それはたしかにキャンバスに現出したのなら、またそれが夢そのままでなくとも、それを存らしめようとする執着は真実だったのだ。私は柳田の宝貝幻想からごく自然にサルバドール・ダリの偏執狂的な手法を連想したまでだ。私が言いたいのは、こういうことかもしれない。柳田はたしかに博覧の学者かもしれないが、僻陬を渡る地味な風貌を支えているのは「やさしきもの」たちのねむる聚落へのつよい幻想だということだ。たぶん柳田の家における体験がそういう思いの根源にひそめられていると思う。しかし家における関係の密な充実は時間の推移によって消滅してゆくのだとすれば、柳田は声を落した、地味な散文のスタイルで、内部の偏執を歩きださせる以外に方法はないはずだ。これは近代の自我という病いから癒える唯一の方法であり、自我の根を下ろしている原郷へ降りていくひとすじの細い道である。ならば散文とは精神が浪漫として炎え尽した後も、なお生を持続し、展開するための方法として考えなければならない問題だ。私はジャンルのことを言うのではない。己れの全幻想を打ち上げるには、ひとつの定型が必要だし、定型なくして表現が燃え上ることは不可能だとすれば、ジャンルの分類などは、時間をもてあました研究者にまかせておけばいい。散文という考えは浪漫をしずめ日常という次元に近く文体を馴致することによって音の消えた緊張を表出してみることだ。したがって詩もまたこういう散文のアポリアを通過せずして、精神の祝祭の終ったあとの虚無を像として提出することは不可能だということを知るべきだろう。

柳田は歩きつづける。歩きつつ内部の虚無にとびこむものをひろい歩く。高揚はあっても歌わない。浪漫の時代のうた人のように歌い上げることにためらいを覚えるのだ。断絶によって一度きり炎える詩の高まりはほんとは世界の夜に息をひそめる闇の深さに支えられている。柳田はそれを知るゆえに歩きつづける。断絶は断絶として連想をこばむ。その架かれない背理へ観念を消去した、風のような明澄な意識で架ける。いや架けるのではない。意味をこばみ、意味になろうとして島々に残る小さきものの無関係のきらめき、連結しえない孤立、それゆえにものは存在し、それでも柳田は連続しえずに意味もなく手のひらにのせたものの光に魅せられ、見えざる民たちの習いと俗わしを幻視する。文献にとぼしいこの分野はそういう資質によって成立する。

> 延宝七年（一六七九）の四月、浦人磯山の頂に登って海上を見渡し、おびただしく鰯の寄るように見えたので、漁船を催して網を下げ、引揚げて見たところ、下腹の白く頭を背通りの赤い鼠億々無量、網にかかってあがるとあって、是はひる間の話のようで少しそそっかしい話だが、大きな網だからもう中止することができなかったものと見える。浜へ引寄せてから人々立寄り打殺したけれども、其《その》鼠の残りども悉《ことごと》く陸へ

上り、南部秋田領まで逃げ散り、苗代を荒し竹の根を食い、或は草木の根を掘り起し、在家に入りて一夜のうちに五穀を損なうこと際限なかりし。然るにその山中に入りたる鼠どもは、毒草でもあったものか、そこここに五百三百ずつ、一所に重なり合って死んで居たとあるのは、注意すべき事実であった。（「海上の道」）

この文章は記録にもとづいた記述なので、柳田の実見の表現ではないけれども、鼠がいかに民たちに恐怖の眼でみられ、またその小動物がいかに人間たちの生活に深くかかわっていたかがわかる。その飢えたときは、およそ人知で支配することは不可能であり、ほとんど理由のない盲目の跳梁として人たちを絶望させたにちがいない。自然の推移に耳をかたむける農漁民にとって、つまり畏怖の感情を抑制しつつ自然から稔りを引き出さざるをえない彼らにとって鼠はその均衡を粉砕する外敵だったのだ。これは日常的な感情を破砕する事件であるゆえに、宗教と深いかかわりをもつ。沖縄の「虫送り」は今から三十年ほど前まで、年中の決まった行事だった。鼠が海をわたり、ニルヤと通う、という信仰は、私たちの祖先の精神がいかに、農漁業の生産と、自然の異変のもたらす畏怖との契合によるバランスに支えられていたかがわかるはずだ。鼠をおそれるゆえに愛称や尊称で呼び、その兇力を鎮めようとする俗わしは、また「鎮め」という精神の平静へむかう集中に無縁ではない。

「虫送り」を想起しよう。朝、野原に出て虫や鼠を捕えて海へ流す。それは村全体が冷気にしずまって清浄になる日だ。村人たちは浜に出て馬を走らせて覇をきそう。女子供はそれを見ながら御馳走を食べる。それは虫が鼠が海へ流れて、別世界へゆくという喜びを分ち合う催しだ。たぶんこういう兇力への処し方は沖縄という地方の民がもっている自然観の原型を見せてくれるかもしれない。外力が人間の力で治《しず》めえないとき、邪悪なものとして憎むよりは、鎮めという魂とかかわる行為をとおして受容され、消去されるという考え方だ。これは近代が自然と魂との非連続において定立し、支配の力を及ぼすという方法と背馳する。これは労働と生産が自立しつつ人間の魂の行為から排除されてゆく道すぐを現わしているように思われる。今はそれを批判する余裕がないので省くけれども、おそらく科学の発達にたすけられた思想の必然だとは言っていいかもしれない。しかしわが父祖たちのいだいていた自然への親和と畏怖は現代においては何の衝撃もないと言ってはいけない。自然が兇力として現象し、また慰籍として思い見られるという二面性が失われない限り、彼らの「鎮め」の俗わしは私たちの精神とつよく共鳴するものをもっていると言うべきだろう。日本に季節や自然との浸透によって成る作品が多いのは自然を歌うことで人事から遠くなることを意味するのではない。自然との浸透によって「静まり」という明澄を実現したのだ。明澄とは魂をたたえることであり、ここを通って生は最も強く炎え上るのである。

古朴とは何か。古びということ、単純ということは感性にとって熱をしずめるのにいい状態だ。大和への、風土への回帰などと言うな。帰ることが安息をみいだすのは、おくつきばかりであり、回帰と呼んだのは精神の過度な行使による歪みを正す有効な方法として考えられねばならない。若い者はそれをきらう。彼らはまだろくに精神を公使していないゆえに古朴を軽蔑する。これはある意味でやむをえないことだし、精神の行使は民のねむる風土と切れることで、それが抽象である限り、身体の消滅をかけて苛烈になるものだ。これを自意識の地獄といい、青年はここで現実を失い、思考のつくる世界のみを現実とみなす。これは思想における試練であり、またそこを通過して知られざる身体を立ちのぼらせる方法を手に入れることの出来ない者はついに芸術へ参入することは不可能だ。そこから往けるもの、現われざる者が痛切な要素として介入する。もはや存在しないゆえに、もはや見えざるゆえに古代は私たちにとって思考をひらく重要な幻野となる。ならば古代への関わりは若いとき失いつづけた、精神の方法を、今度は像として成立させる恢復の行為でなければならない。私は帰るところを失ったのか。安住の地としての島・精神のねむるところとしての村へは帰れないから、私は沖縄の古俗に触れることで方法の再生をはかるのだと言えよう。生きているということは、魂をさまよわせることだ。さまよう者は一定の目標があるのではない。さまよう過程であうものによって目標のない運動に形を与えられる。これは虚無に浄められて力をはらむことだ。虚無は何ものにも依拠しないというさまよいをものやことの衝突において現象する。精神の現象はできるだけ少ないもの、できるだけ単純なことにふれて、より自在にその全姿を露わす。露われつつ形を一度きりのひびきとして像をむすぶとき、定型と名づけてもいい。精神の現象が力をはらみつつ定型として像を成立させるとき、私たちは詩とであう。沖縄の民俗にふれ、おもろさうしにはいるにしたがって、私は沖縄に生まれた者の宿命におくゆきを与える自信がついた。宿命はおくゆきをもつことによって表現として定着する契機をつかむ。去る者は去るがいい。青春のラジカリズムは苛烈に灼かれて消えるがいい。政治のさし示すユートピアは民の俗わしを抹殺して一人一人の異和をならし、関係のむき合う不安を、そして不安ゆえに無防備な魂を蹂躪するゆえに私から去って消えるがいい。自然にたいして民たちが畏怖と親和をむすびつけ、その深い闇から抽象した宗教の心性と何のかかわりのない変革の論理は、夜の傷める魂が慰籍を求めているとき、熱砂をひろげて同質化しようとする。わが精神は口ごもりつつ沖縄のそういう外部からの規範としての論理に対する批判としてついやされた時期がある。そういう不毛の論理と確執することで人は時代の地獄に遭遇するものだが、これは状況という平面に人間をつなぐことによって地獄からの治癒を完全に封ずることにもなりかねない。自意識を、変革という思考によって希薄にし、自意識のないとき集団として成立する思想はついに人を内部から動かす力はないだろう。

　私は島を思っている。政治や事件が推移しても、変らずにうずくまる民の俗わしに、父祖たちの精神の原型を想像するのが楽しかった。精神が科学によって説明しつくされることがないとすれば、そのすべての、精神にかかわる記述は一個の表現とみなければならない。表現である限り一人の表現者の思想を、規範として及ぼす愚はさけねばならない。表現は一人の人間の特殊な体験と方法によって深められた作品であり、規範から自由な精神のみがその意味を汲みつくせるのだ。同質はこの世に存在しない。同質は存在しないと知った者だけが人を愛するという苦悩を生きうるのだ。異質ゆえに互いにひびき合う魂、ひびき合いつつなお己れの固有の理由にこだわる精神だけが私たちを、一人一人をよく自在な方位へ展開させるのかもしれない。

島を思っている。過剰を沈めて、まるで杖をついた旅人のような魂が歩いている。これは南島に渡ってきた民俗の記録者のことだ。そしてこの旅人は海を見ている。遙かということ、遠いということ、これは過剰な精神の知らない根源を思う位置にある。根という。根は遠いところといったのは柳田だし、源は見えないことだ。これは古代の哲人たちの考えたような思考に近づくことだ。そのとき帰ることは原型へ到達するつよい意志を言うのだし、原型を獲得した思想のみが時代の解体をこえて生きのびる。

柳田はそれを知っていた。記録という節度を守りつつ、それが原型の造型だという誇りをすてなかった。

早い話が南の島々の後生観などはその一例で、ここには仏法の指導力が存外に弱かったために、新らしい観念は起こらず、古くからあったものは消え放題で、あの世という言葉は有りながら、それはこの世の中にあると、いうような考え方も行われている。島毎《ごと》にといおうよりもむしろ家ごと人ごとに、死んで行く先を色々に考へている。（「海神宮考」）

これはそのまま沖縄の宗教観にむすびついていると思う。仏法のような超越的な神を創らないかぎり、現世と他界が断絶することはないのだとすれば、また神は血の系列をたずねていけばつきあたる親和の対象としてはっきりしているが、空間の観念としてみる限り、海の彼方であり、根の国であり、遠いところである。だがそれは共同体の秩序とむすびついた掟という側面よりは、一つ一つの家に神があり、それは家族の精神のより集まる処である。これは神を現世に近く棲まわせる思想であり、精神の不安を自然との契合によって鎮めてきた民たちの必然だったと言えよう。こういう風土に外来の超越的な神は棲みつけないし、自然に馴染んだ心性はついに観念としての神を成立させる余地を残さなかった。

私たちはもう決着をつけるときがきたようだ。外来の政治思想や、超越的な神を受けいれるようでいて、実は家の中で他界と浸透しあう心域の呼び寄せる神が死ななかったとすれば、この精神を父祖たちのひとつの感情のディティルとして受け入れ、それを現在の思想の水準で汲み上げつつ、現実を再構成してみなければならない。いかなる思想も、革命をよそう論理も、民のこの固有性と衝突することなしに人の心に到達することは不可能だ。変るものは消えていく。消えつつ変らざるものを蘇生せしめる。民の俗わしが意味をもつとすればそれをおいては考えられない。意識せずとも、あるいはさけても私たちの思想に遠い潮鳴りのように打ってくる力を与えつづけるもの、それを私は民たちの原系から発する声だといまは言っておく。

沖縄学に関する主な人たちについてはこれで終ることにする。
あと三篇ほど書きおろして本にまとめます。
戦後編は準備をととのえてまた発表するつもりです。

II

原境への意思

原境への意志

詩の原境とは個人史として言葉もなく生きられる感受性の、遠心と求心への衝迫を二つながら現在の言葉の水準に回復し自覚する謂にほかならない。そこで感受性が最も人間の苛酷な相貌をもって、いわば幼年の抒情の死をうべなうか、それとも少年たちのつくる不文律を拒絶するかをせまられる関係の規範は、人間として出立する〈前史〉を創りなす野の法廷だといってもいいはずだ。村に生を受けた者は少年の時、そういう試練を経て長ずる訳だが、そこでどんな加担をしたかは、その少年の人格を深く規定し、彼の成人したときの思想を予定するということが言えるかもしれない。

例えば私が中学の頃、映画といえばどんなに遠くても見にいったものだが、或る日、団体で三里の道を歩いて見学にいったときのことだ。それは黒人と白人のバスケットボールの試合だった。あの鞭のごとくしなやかな黒人がボールをつかんでリングに置く動作に感嘆し、一時期少年たちはバスケット熱にうかされ、試合を始めると日没を忘れてあきなかった。ところがある酷暑の五時頃、私のクラスの少年がシュートしているフォームがかっこよく、ボールがたてつづけにリングをくぐって落ちるので、思わず「あの黒人のようだ」といってしまった。それを聞きとがめて少年は、つかみかからんばかりの形相である。私はあの団体見学した映画の黒人対白人の試合のことを言うのだが、少年は聞きいれようとしない。なぜなら彼は村の少年としては肌が浅黒く、私の感嘆の言葉をすっかり誤解し（あるいは故意に）自らの肌の浅黒さを嘲笑されたときめつけてしまったのだ。いくら抗弁してもあとの祭りだと思って黙っていると、「明日の下校時、通学路の野原で待ち伏せするから覚悟しろ」ときた。もはや避け難いと思いながらも、一年上級の友人に相談した。けれども友人が言うには彼の少年は喧嘩の場数をふんでいるし、下手な和解策でも講じようものなら、彼等のボスにひどい目に会わされるというのだ。その日は帰宅してから、どうにかして避けようと考えあぐんだが、どうやら対決する以外になす術はないと思うにいたった。一夜まんじりともしないで闇の中で眼を開いていると、油汗が額や腋を流れる。翌朝は登校するのがおっくうで、陽の光が重く肩を撃つ。少年は一人で世界に向い陽の処刑を受容する以外にないのだ。おびえた気持ちで六時限目は終り下校する時間になった。こちらは、これから起る事態を何一つ予想できない気の弱い者ばかりだが、向うは今様に言う番長グループだ。下校路は途中まで行けば二つに分れている。避けようと思えば出来ないこともないが、結局彼らの待ち伏せている道を行くことになった。しばらくして行くと、予期したとおり例のボスと一緒に相手の少年たちが先回りしている。

喧嘩を始める前にそのボスはルールを決めた。まず相撲で一勝負して直ちに殴打に移るというのがのみこめない。とにかく喧嘩する気になれない。連中はこちらが戦意がない（戦う理由がない）のを先刻承知で、無理にでも喧嘩させるために考えだしたのだが、それは相撲というゲームをよそおった殴打にすぎない。だが私にはその情況が把握できない。結局ボスの指示どおり相手のバンドに手を通し、四つに組んだところ足がらみで倒され、ゲーム（相撲）から殴打に体勢を切り変えられずにいると、眉間と鼻梁に十四、五のげんこをくらった。その間四、五分、私は相手にこぶしの一つもくらわさないうちに視界がかすみ、鼻血を流して仰向けになった。その時の自分の気持ちは今だに測りかねる。とにかくそのグループに対する戦意がほとんど欠けていたのではないかと思い慄然とする。相撲だけなら何とか意志を集中できるのだが、例えば殴り合いに勝ったにしても、後にはボスがひかえているし、今後は毎日のように下校時に待ち伏せされて奴等の気のすむまでこずきまわされることになる。それを無意識裡に察知して、そのために戦う意志がくじけ、ただ暴力が通過するのを待つという体勢になったと思う。負けるにきまっていても戦わねばならぬのだ。しかも負けないともっとひどいめにあうのだ。

少年たちは大人の社会から身を守り、彼らだけの法律で生きている。それは野の法廷であり、真実は何も意味をもたず、ただ腕力だけが支配する。その試練を避ける者には屈従を強いるという苛酷なものだ。つまり暴力を加えられる前に屈従するか、それとも無縁になるかだ。だが無縁になるというのは内閉するということだ。

ところでこの事件には後日談がある。帰宅したら鼻梁が青ぶくれし、ひどい形相なので母が学校へ訴えでたのだ。先生は私と少年を職員室に呼び理由を聞いた上で「彼が殴ったのも悪いが、君がたとえ感嘆したにしろ、黒人選手に例えるのも悪い」といって、二人とも四、五時間、重い椅子を捧げて立たされた。あのときの情況を言葉をつくして話せば話すほどはじきだされると思った。喧嘩両成敗という俗で手っとり早い論理で私を説得しようとする教師の言葉に息をのんだ。その教師はスパルタ式の教育で、高校受験に何十名合格させたという話だけをしていた。いわゆる数学の実力教師という評判だったが、私は好きだった数学が嫌になり、寡黙な少年になった。

もはや少年たちの世界でも、大人の世界でも「不用意に口を利くな」という暗い習性ができたと思われる。それからしばらくして啄木の短歌にふれた。たとえその抒情の原基に暗さをもっていても、言葉によってそれが光を放って顕在化され、言うなれば、生きることが一つの意志として表白されるのをみて心をゆさぶられ、百枚のノートに書き写して何度も読み返していた。啄木の短歌にふれることによって、今まで下校時に峠を下ってゆくと炊煙を立ちのぼらせる村の鬱蒼としたたたずまいが、なんだか他郷へはいってゆくような懐しさをもって眼にしみた。それから書斎が聖域になった。学校の教科と関係のない小説や伝記を読んだ。その習性は高校では極端に偏向し、図書館の本以外は読まなくなった。

　今まで述べたささやかな事件が、自らを内在へ向ける体験だとすれば、又自己の意識の円環する位相から、意識の鏡である最初の他者を規定することも不可能ではないようだ。

　喧嘩以来、自閉していた私は陽の光が針のように直射する校庭で白いカーディガンの少女を見た。生徒会で少女が話すのを聞いて内地帰りだと知った。その言葉の異郷の匂いに魅せられ、その言葉を聞くためにわざわざ少女のクラスまで日課のようにでかけた。日曜日などは、友人と自転車を列ね、少女の村まで行き、門を何べんも行き来するのだ。結局は一言も言葉を交さずに終った。だが奇妙に少女の像は自閉の意識を潤す様に思えた。

　そこで深夜、村を徘徊する少年たちのグループにならなかったのは、家が閉鎖的で（というより村が閉鎖的である分だけ、深夜、徘徊する少年たちがつくられるといった方が真実に近いだろう）、〈性〉の幻域を抑圧すればするほど、夢想は強烈になるけれども、決して相手の少女へ告白するには至らない。深夜、心臓の脈搏が早くなり、意識は意識としてやせほそり、その先端がようやく眠りを呼びよせる。眠りはそのように大地の記憶する古代の海の観念のようにゆったりした感受性の充ちるとき訪れた。眠りに重なるように夢は自然に歩いてきた。自閉の内部へ向けて心を開いていると自らゆめみたいな夢が展開する。すると夢遊者のように、あるいは正夢のように脱魂し、私の中の少年は家を脱け出し、少女の書斎の扉をたたいていた。それは自らの夢を統覚する意識（例えばこの夢は恐いから早く目をさまそうという部分）である程度、規制できる夢で、登校すると、少女が昨夜の夢の内容を知悉して咎めている様な気になり、耳が燃える様に羞恥心が起って、ますます口が利けない。それは先程述べた少年たちのつくる掟の残酷さに強いられる沈黙と対極にある〈夢の円環〉であり、昼になると朝露の如く消えるものだが、「眠り」のもつ甘美さと、身をそぐような意識の萌芽をうながしたと考えられる。言うなれば少年期にきざした〈またびと〉の体験であり、その少女が異郷から来たことで少年の自閉はその内部だけをひたすらに志向しつつ最初の〈他者〉の像を結ぼうとしたのだ。言うなれば村に在って不在の異郷を実現することだったのだ。そうなると村を徘徊する少年たちのグループの〈性〉の共同性から一つの秘密をもつことであり、彼等の共同のエロスから背馳することによって自閉を完成することだ。

さてこの二つの体験から何が抽きだせるか、を問うべきだろう。かかる少年期には、まだ〈詩〉をうながす発想は自覚化されていないのかもしれない。けれど一人の少年がいかに寡黙になり、他の少年たちにも、大人たちにも告げられない体験の核をはぐくむかが、〈内言〉を生みだすにいたる〈前史〉としてとりだせるかと思う。村で少年たちは、まず大人に理解されるには現実へどんな姿勢をとるべきかという受容の術を体得することに腐心する。そこで〈性〉を一つの共同の場で、どれだけ実践し得るかという試練を課されるわけだ。

それがプリミティブな関係のあり方である点で、アルカイックな共同体の遺風が息づいているとも思われるけれども、別に村に限ったことではなく、都市でも少年が大人になるとは、性を共同の中でどれだけ実践するかという対応の論理は変っていない。それは開かれたエロスであり、底を割った〈意識の自然〉としてナショナリストから、組織の中まで息づいている。それなりに理由があるし、また大衆の性の抑圧された現実を一つの〈自然〉として解放する方途ではあるかもしれないけれども、自意識を沈めていって、そこに最初の他者である少女（あるいは女）を発見するという実存のめざめはとうとう訪れることはあるまい。

少年にとって愛は相手の少女が理解したかどうかとはかかわりない。自意識が自らをみつめるまなざしが、一つの欠如として（飢渇として）自らの感情を感受するときそれをみたすのが少女の像（他者）だとすれば、最初から挫折を予定された体験といえよう。その挫折を少年と少女が共有する言葉を生みださない限り彼らの愛は実現することはあり得ない。だが実際には、少女は言葉以前の感受性の開花を生きている点で、現実（大人の世界）から無傷であるけれども、また言葉を創出しない限りにおいてやがて現実を受容する自然態だと言えよう。

詩を書く者は、大人を受容する論理に感受性をこわされながら野の法廷（暴力だけが支配する）から背馳し、少女の充実した感受性からも身をもぎはなしつつ、欠除としての意識を深める以外にはないようだ。

幻域

去った休暇に映画『ソルジャー・ブルー』を観ていたく心を動かされ、滅びゆく少数民族インディアンの優しい槍のてごたえある穂先に、一瞬つらぬかれる思いと、キャンディス・バーゲンの乾いた唇の火照りに鎮められるわが出自の根に未発のまま うずくまる暴力の悲しさを想った。それは生涯にわたって解放されざる自己権力の対応する組織をみいだし得ない孤立性に起因するかも知れない。私はキャンディス・バーゲンの唇の火照りに感染して内部から火照りだす性の幻域に占められ、《復帰特集》の取材に来た東京の女流カメラマンと、一緒に、場末の飲み屋へ行き、「撮れるほどの典型的な沖縄女性がいない……」とぬけぬけと言ってのける、その皮膚の毛穴までみえる顔に、さしたる不快感を抱いたわけでもないのに、まともににらみ返すことができなかった。うつむいたまま悪態をついて「あんたらに沖縄女性とやらがわかってたまるか」といった調子で言い返しはしたものの、格別〈典型的な沖縄女性〉なんて歯のういたイメージなどあるはずもなく、言いよどんだところへ、このカメラマン氏は、私の発音がひどく気になるらしく、執拗にからんでくる。「沖縄の男性って皆こうなの?」。どうにもいけすかない野郎と言いたいところだろうが、やはり対話はお互の感情の内実をみせ合って展開されるよりは、その内実の露呈によって、かえって相手を見失うのだ。沖縄の男性が皆私のごとき者でないのは先刻御承知の彼女は、私のすすめる水割りの泡盛をとうとう飲まずじまいだった。私は泡盛のごとくきつい洗練されてない男といった役まわりだったかも知れない。その晩はふところ具合がさびしくて泡盛を飲んだにすぎないけれど、彼女は風土論を論じあう男たちの加熱する雰囲気にいらだち、いたたまれず、帰省学生と席をたつことになった。東京の女が自分に対して素直であるとはそういった限界を知っていることだろう。彼女からうけた印象は、自己を出しつくしたサバサバした枯渇といさぎよさであり、乾いていながら、それが欠除感に高まらないもどかしさだ。そこで私は枯渇の極限で火照りに涙する森崎和江のことを想った。それは性の幻域を感受性の論理として思想化し得た日本で最初の女性であり、ぼくらはうつむかずに向き合うことのできる女を思想の次元でもつことができる。つまり魂の未解放区を共有するのだ。

だが私の現実はあまりに内閉した村としてその生活の共同性を律してきたようだ。例えば、島に路地ひとつを境にして南側と西側の村が全くちがうことばで話している。いずれかの村は他郷から移住したということになるようだ。それらの村むらに共通していることは、村の掟がゆるいということだ。言うなれば、共同性としての生活規範よりは、おのがじしの生きようを択ばざるを得ないといった形で流浪性において共通している。

私の幼少の頃、魚を売りにくる女がいた。私の母と彼女は親密で、妙齢の美しさを母にほめられはにかんでいたが、頭の上に魚をのせて小走りに通りすぎる姿は、村土着の女たちには、かつてみられない開かれたエロスを感じさせた。ところがある日、彼女が独特の韻律のこもった呼び声を残して門を遠ざかったとき、なにかのキッカケで、《イチマナー》という言葉が母の口をついてでた。私ははげしい眩暈にうちすえられ、白昼の中に闇をみるような衝撃を受けた。彼女は私らを《村の人》と言い、村の大人たちは《イチマナー》と呼んでいる。彼女らは糸満からの寄留民であり、《糸満人》と呼ばれるべきなのに、《イチマナー》と蔑視され、あんなに美しい彼女も決して村の男たちの結婚の対象にはならないのだ。「なんで母さんはあんなに親しい姉さんにイチマナーと言うの?」と、暗に非難の意をこめて聞き返したのに対して、「村ではあの人たちのことをそう呼んでいる」と言うのだ。それは、少年のはじめてみる人間関係の暗部であり、幼い抗議ではどうしようもない村の掟なのだ。私はそれ以後、なぜ彼女らがあのように差別されるのか、その理由がわからぬまま考えあぐんだ結果ひとつの事実を発見した。その海沿いの漁村では夏の晩は浜で寝るのだ。そういうことは私の村では許されぬことであり、彼女らの村にのみ許された開かれた夜なのだ。夜更けに魚を獲って帰る家族を待つためでもあり、むげに非難すべきことではあるまい。夏の南海で漁業を営む人たちの自らえらんだ習性であり、いわれのない差別の理由にはなるまい。

終戦直後、私の家には働き手がないので、四十代の雇人がいた。彼は昼は働き、晩は食事が終るとすぐ裏の二階にある寝床へ行くのだ。ある節日《しちび》の晩、肉と野菜を大鍋にいっぱい煮こんで翌日の分までそなえた。その晩、彼は、晩飯をいつものごとくすませて自分の寝ぐらへ引きとった。そこまではいつもと変らない。ところが翌朝家族が食卓についても降りてこない。不思議に思って呼びにいったらいないのだ。しようことなく家族だけで食事をすることにして、御飯をよそい、鍋の蓋を開けてみるとからっぽだ。彼の胃袋は、おかわりするくらいではまにあわないのだ。どうしても鍋いっぱい食べないとおさまりがつかないのだ。家族はあきれはて、私は人間の胃袋に恐怖した。彼は出稼ぎにいったまま何の消息もない。彼らは妻もめとらずに老いてゆく人たちであり、たとえ、よそ者のごとく差別されずとも、その存在自体が、村からしめだされる形で、よその土地へ流れてゆく以外に生きるすべはないのだ。家にいる間、私はそんな空腹を知らず、都市で失職したとき空腹がいかに人間の意識を規定するかということを知った。そのとき私は、かつて大鍋いっぱいをたいらげ、出奔した雇人に復讐されているような気持になった。ただ私の空腹感は、青春の飢渇感と重なり、そうやすやすと食べることでは満されることのないものに思えたことだけは違うかも知れない。差別は胃袋までいたり、彼等においては、ただひたすら満されることで自足せよ、という生理に限定されるようにしむけられるのだ。

さて私はそれらの差別をただひとつの事実として記述することだけでは、ぼくらの存在の意味を問うことにはならないということに気づくべきだろう。それを言葉の所有として自覚するとき他者へのはたらきかけとなるはずなのだ。そのときひとは、村の掟へのそむきとして意識において、蔑視に輝いている者たちを生き、空腹をこの世の深淵としてみつめることになるだろう。ことばを所有するものは、また必然的に市民社会の生活にもそむく道をゆくしかないのだ。「ことばの世界をもとうとするものは、風土に背く道、濃い血の盟約からの裏切りの道を歩むことを必然とする」(「方法ノート」北川透)。

私が大学で詩を書きはじめた頃、合評会などで発語するとき、それは私が生きた言葉とは異質な世界だった。発音がきれいだし、流暢な情念の流露を、彼等都市の学生はもっていた。私は発言するとき、あらかじめ声にださずに頭の中で日本語として成文化してから話しだすのだ。言うなれば日本語(共通語)によって自己検閲したあとで発言するのだ。そのうしろめたさは以外に深く、交友圏でのやりとりは不自由を感じなくなったが、しかしそれは虚構にすぎないことに気づいた。だがそのとき私は村の掟にそむき、流亡の民により近く自らの思想をおもいみる方法が身についてきた。私はことばの階級性をよじのぼろうとしつつ、そしてそれは文学という場でひとつの共感域を確かにつくりはしたが、それはまだ「風土への背き」を論理化するにいたらず、それから逃げているところがあったかも知れない。そこで、村からの情念への検閲と、共通語からの検閲を破砕しつつ、ひとつのコンミューンを形成することを自らに課した。だからことばの階級性をよじのぼった次元でなされる〈差別〉批判は、それ自体が体制のことばによる差別の半永久化に手をかすことにほかならない。

沖縄を異族として、日本を相対化するという昨今のジャーナリズムの論調も、ことばの階級性をうち破らない限り、有効性をもてないだろう。世のおびただしい階級脱落者らの存在としてのアナーキズムを止揚しつつ、差別をなりたたせる最後の〈私有〉の観念を超えるべく、私たちの生活を総体として批判してゆかねばなるまい。「火の手を放ちつつほろびたい」（森崎和江）という性の永久革命はまたわれわれの民衆の中の未解放区である被差別を終極まで追訊して対話を形成する謂にほかならない。すべての解放理論は、終極において〈ほろびたい〉という痛切な思念を抱かずに蘇生することはできない。それはことばの現体制での流通圏に乗って思想を交換するという、資本の意志をすんなり受けいれた、いわゆる〈反体制〉の頽廃ぶりをみればわかることだし、被差別者における、村の掟のやぶれとしての優しい情念を、思想の原形質たらしめる試みだと言えよう。最後に結論ふうに述べるとこうだ。差別は体制の変革の後まで残るものだし、また存在の意識の最後の私有の観念であることばの〈文化〉を、出自の声によって批判してゆく過程にしかありえない。

歌と原郷——黒田喜夫論

衆夷とは何か。それは時代の表現の水準にある意識空間を基底の部分で支えながら、しかも決して表出され尽さない不合理、あるいは平常心からみると絶えずぼくらの存在を畏怖の次元へ誘う現実の不可視の相貌ではないだろうか。表現者が時代に屹立しているのは衆夷からどれだけ自らの思想を抽象するかという一面と、どれだけ衆夷の生の内質を思想のディテールに浸みわたらせているかという一面によって決まる、といえるかも知れない。いま現実はぼくらの遠い生の出自としての衆夷性から可能な限り背馳し、ただただ整序された論理の内側で洗練された言葉を一つの調和へ向けて駆使する方向へ向きつつあるようだ。だが洗練は一つの様式を生み、そこへ向う文化はいつしかその様式が生の実質まで規定するという矛盾をおこさせる。つまり生の奔騰それ自体が最も生の造型に有効な形をとるとき表現となるわけだが、ここではすべては逆向きだ。生の奔騰は不断に定型を破壊し、一回性の韻律と秩序を形成するのだが、様式自体が生理に密着して機能するとき情念は枯渇し、様式の反復による衰微へとおもむくのはとどめようがないということができよう。和歌の民衆化ということは一方では絶えずその風化をあがなって実現されるということは昔も今も変らない。言うなれば、和歌が交際の具となり、詩と歌謡が接近することは同時に危機でありながら、それが最も安定した相貌を呈して受容されるという情況は、ぼくらの最も深い困難な、表現の現在点だといえよう。黒田喜夫の『一人の彼方へ』は、私にそんなことを考えさせる。それにしてもこの詩人ほど民衆を詩のディテールに実現した人は戦後詩にまれだと思う。そしてそれが、詩の発想の核を規定するほど深い自発において表出されていることは詩を読めば明らかだ。

怖い
これは怖い
かぶせられた桑の葉を
下から食い破ってくる蚕の貌は怖い
（「ウ・ナロード」）

ここでの畏怖感はおそらく現代の生産性に毒されてない深い原質によって捉えられているかもしれない。自然は一つの秩序化された感性によってではなく、可能な限り裸形な形で感性の内に棲む古代の表出へとつながっている要因を秘めている。かかる畏怖感からぼくらはいかに遠く来たことか。農の日常の事物を覗きこむことによって自然のはらむ生命の畏怖を現出する原生へ至る盗視の強い欲求だと言えよう。言うなれば苛酷に「夢みる」心性さえ保持すれば必然的に展けてくる世界の暗部であり、同時に個としての存在のはらむ原郷だと言えるかも知れない。そこで〈村〉は現在の商業化した域を超えて、円環する美意識を食い破りぼくらを精神の異域へ佇たしめる。それは深く血に憑かれているので、ぼくらの言語をとりだす中枢とは背いているようでいて、しかし何か未経験の境域を現出させ日常の時間とは遠い想いを喚起しつつ無限に現実の核心に迫る。「虫の貌」を覗きみる深さ、夢につかれる充全さにおいて、もはや「虫の貌」はその自然のまがまがしさによって、土着のまがまがしさに通底する。

土間の闇から
虫か人かわからない声が聴こえる
桑園はもうわがものだし
反革命党は蚕糸価を維持している
壁を這うのは蠍ではない
爬虫もいない　おれたちはただ
繭を編みたい

現れてきた末端拡大の虫の貌が
みるみるきびしい従兄弟の姿に変貌した
それから迫ってきておれを追った

怖い
これは怖い
かぶせられた意識の皮膜を
下から食い破ってくるものの貌は怖い
（「ウ・ナロード」）

村における血の系譜は、それが意識化されない自然としてある限り、末端拡大の「虫の貌」とみまがう畏怖をともなうものだし、それが支配の様相の下に現出されるとき、陰惨だといえよう。だがぼくらは「蠍の足音」は幻聴であり、「虫の貌」は幻視であると自覚すべきだろう。畏怖の要因はあくまで人間の側にある。日常というものは意識に規制されて平常という仮装にくるみこむ面をもっていたものだとすれば、あるいは文明というのは、ぼくらの畏怖心を馴致し忘却させる方法を含むものだとすれば、この「ウ・ナロード」はそれらのおしきせの方法をすべて破砕し、生の原初を垣間見させるものだ。従って同時に衆夷と強く関わる「縦深する情念」を回復することだと言えよう。そこでは、在来の抒情詩が思いもよらなかった「関係の構造」を詩に導入することが可能となる。個は他者（民衆）と確執するとき最も思想としての複雑な断面をみせる。そしてその確執に豊かさをもたらすのは、「浮びあがるのは一揆する父祖たちの群れではない」というフレーズがあらわにする意識だといえよう。それと「夢みる方法」が自覚化されているかどうかに詩の表出の最良な部分はかかっている。

なぜなら「夢みる」とは本来、生の現実から主体を追放するものではなく、欠如態においてて生の深層を表出するはずだし、すぐれた表現者は「夢みる方法」を資質としてもっている。ただ作品創出の秘密を自分なりに解明して、人は自らの生の原基にひそむ古代（衆夷）をどれだけ感受性のストラッグルとして抽出し得るかによってきまるのだと考える。それは黒田喜夫の場合、動物への畏怖と人間への執着の二重像として定着されている。その同化と差異性、あるいは接近と離反は、人間の劇性として表現されている。それは無意識を像化するという芸術家の最も深い資質に支えられているので、「ウ・ナロード」においては「虫の貌」と「従兄弟」の姿が重なりつつ離反するのだし、近作「譚詩二」においては、冬の齧歯類、兎の飢えと婦の飢えがダブル・イメージになっている。

けれども一人の彼方の
負と欲望のくさむらは遠く

わたしは日にわたり凍寒の河原の
矮樹をかじりつくして死ぬ冬の兎を語った
また背よりかぶさり
迅く迅くうごき
灼け入ったとき
高く鳴いて野に倒れおわる兎たちの
季をうつ瞬時の交わりの様を
それから贖れぬ愛はない夕方を辿り
何処か荒川べりの偽女郎の
夜に落ちた
いや　痛み鋭く夜半に
眠り裂けた
あご小さく
歯牙尖り揃えて踞っている
それは一匹の冬の齧歯族がわたしの
倒れた裸の肢をかじっている
膿と血にまみれ　冬夜は

こうなるのよ——と
野兎の貌をあげて女はいった

（「原野へ」）

この詩で可能な限り自然は人間の方へ奪回されているし、また人間は可能な限り自然の方へ開かれている。日本の抒情詩において〈自然〉は失われた分だけ思想を逆に規定する力をもち、人間の劇性も自然の中へ解消していったが、黒田喜夫においては、〈自然〉は超現実風な夢想の喚起によって明確に現出できる分だけ人間の劇性の喩になり得ている。それがなぜ黒田喜夫に可能かと言えば、情念の上澄みを抽出する方法ではなしに、情念の水を荒々しく掻きまわすことによって自然の内なる劇性を渦動として立ちのぼらせる方法をとっているからだといえよう。女はより自然に近くしかしそれ故に男の行為を顕在化してみせる。それは〈知〉で立つ者としての詩人がいつでも帰りゆく原郷であり、また「一人の彼方へ」出立する言葉の終焉の時点だとも言えよう。そして黒田喜夫において関係はいつでも肉声をとおして把握されるものだし、たとえ観念がきつく表出されるときでも、それを背後で支えているエロスが行間を破って噴き出さずにはおかない。それは生を思想化する果てに空無に苦しめられる詩人じゃないと持続できない営為だと思う。

かつて私は黒田喜夫の詩は破局を超える思想を内在させていると書いたことがある。それは「ウ・ナロード」の「従兄弟」の貌にも歴然とみてとれるし、「原野へ」の齧歯族の中にもみてとることができる。破局とは亡びへの道であり、亡びることによって、つまり〈不在〉を実現することによってはじめてしるき幻像をうきたたせる謂だといえる。生の燃焼の果てには死が夢みられるように、死あるいは亡びは、はげしい〈生〉の喚起として定着される。だがここで誤解してはいけない。日本の伝統的な意識のつくりあげる亡びの美学とはきびしく区別されなければならない。伝統的な美意識は生命の衰弱の帰結として「亡び」を択ぶが、黒田喜夫においては生命の上昇の頂点において、「亡び」が導き入れられる。伝統的な美意識は破局を実現できず、なしくずしにするのでこれを超え得ないが、黒田喜夫の詩法は破局の実現による亡びからの出立だと言えよう。

生き続けるものは何らかの形で秩序の内壁をぬりかためる思想に手をかしていることだとすれば、敗れる者、亡ぶ者にこの支配の現実を照射する毒矢がかくされていたかもしれない。そしてそんな想念に到るとき必然的に呼びよせられるのが日本の支配秩序にくみこまれることのなかった衆夷の生きざまだと言えよう。現代はその衆夷の生のおどろおどろとした原質を解明することによって自らの纂奪された現実を映す鏡とすべきだろう。黒田喜夫の『ユリイカ』に掲載された『一人の彼方へ』は彼の詩の内的なモチーフが必然的に到りついた思想的な深度から発せられた肉声を抑制しつつ、きわめて実証的な手つきで書かれているといえよう。したがってそれは衆夷の生きざまを空想するのではなく、多くの文献にあたって考察しつつ究極においては現在の詩の在りようをよく映し得ている点で重要な評論だと思われる。それは一眺に視野に収め得ない広さと複雑な民の相貌を描いているので、要約するのは危険だが、一様、初めに引用された寺山修司の短歌によって現代の〈詩〉における〈辺境〉とはいかなる位相でわれわれの思想に働きかけるか、という論の立て方に象徴させることができる。

鋸の熱き歯をもてわが挽きし夜のひまわりついに　首無し

狐憑きし老婦去りたるあとの田に花噛みきられたる　カンナ立つ

初めの歌には確かに土着が一種の意匠としてまとわれているのがみられるし、言うなれば才能の展開はみられるが辺境を精神の深みへ転移させる意識の持続性に欠ける。「首無し」という終句は像としては明確だが、像を不可視で支える意味性がはじけてこない。すぐれた言葉の使い手であればある程、風化の危険にさらされるということが言えるかもしれない。二首めは、花を噛みきった婦が去ったあとも残像として狂気の婦を浮きたたせる像の喚起力が強く、歌をよみ終ったあとにも読者の意味作用を触発する。

それにしても「やまと歌」が先験的な呪縛として、大和朝廷支配の秩序の内に円環してゆく予定調和のメカニズムをどのように破砕するかという方向に考察をすすめるとき、寺山修司の歌がいかに北方の衆夷性のもつ暴力と背馳する形で修景されているかが黒田喜夫の、きめのこまかい分析を読めばわかる。黒田喜夫は北方の衆夷が、古代からどのように天皇にそむき大和朝廷に馴致されない異民として生きてきたかを古い文献によって実証し、そして大和朝廷を相対化してゆくには衆夷の古謡から民謡まで一貫して流れる生の流露感を基調にした骨太い肉感性を見なおすことが重要だと述べているようだ。ところでその衆夷に向ってゆくモチーフは何かといえば、藤井貞和が三里塚闘争に触れて書いている「ほろびるものをほろびるものとして直視し、そして敢然とほろびるものに味方することがいま求められている」と書いた文章に関わりながら次のように述べているところに集約されている。

この亡びる様を直視して敢然と味方すべきものを、さきに私が云った「土俗」にまつわる水準で決してみないこと、「民俗」をたどって決して「大和島根」と分けがたい「日本」に到らないこと——その共同の観念に対してまさに異民となるところまで民のほろびの様を見ることのような営為を、回帰にして反回帰的な志向と云いたいのである。

(「一人の彼方へ」)

農民は滅びつつあることはむろん三里塚のたたかいに象徴させることが可能だけれども、

またわれわれの日常の感受性においても、民謡の商品化、村の過疎による共同祭祀の解体などによって実感として把握されることだ。たとえば亡びるものとしての衆夷の中でなおまつろわざる者がいたことは輓近の村の言い伝えとしても残されている。わたしの生まれた島は沖縄本島の西の方に浮かぶ周囲百キロほど、人口二万ぐらいの島だが、廃藩置県当時も琉球王統の一方的な侵入支配をうべなわない民たちがいたと思われる。首里の役人が村に居所を構え、村の有夫の婦を現地妻にすることにした。けれども婦は部屋にこもったきり外出もしない。村の青年たちが婦の屋敷を包囲し機をうかがってもいっこうに出る様子がない。何日か経って婦が井戸端へ下りたところを青年たちが捕えて役人の居所へ引きずっていった。ところが婦は役人の世話をみるどころか、蓬髪に櫛も入れず日が経つうちにシラミがわいても水を使おうともしない。とうとう役人も業をにやして夫のもとへ婦を返してしまった。この婦たちが言い伝えに残るということは民たちの中でも異質な存在でありつつ民たちの怨念が託されているとみてさしつかえない。それを黒田喜夫はちがう側面から考察を加えている。

もとより、「日本」の不易とは擬（超）時間性であり、その共同の神聖観念に本質的に対してゆくのは「不易の常民」観ではなく、「日本」の底の実在、実在であるゆえに亡びうる、亡びた民であり、しかもそのように架けられることで亡びざるもの、亡びざる鎮まらざるものを含んで形成される、一人である民の現在にほかならないということだ。（「同前」）

民が亡びるのは現実の支配秩序の完結に背反するか、あるいは自ら秩序に順応しようとしたにもかかわらず脱落するか、の二つが考えられる。背反する場合は内部の「鎮まらざる」情念は、秩序の内壁から脱出できない現在の民を相対化しつつ、より兇暴な無定型へわれわれをつき返すものだといえよう。無定型とは言葉の水準でいえば「無」に等しいので、むしろそれ故に表出の可能性としてはすべてだといえよう。それは不毛の豊饒性と言っていいだろう。たとえば沖縄に古代の文化や民芸を発見するために来島した岡本太郎は、沖縄には「何もない眩暈だけがある」という有名な言葉を吐いたが、これは文字どおりに理解されては、せいぜい地元の文化財保護委員会や民族学者をおこらせる、という働き以外はないと思うが、むしろこう解すべきだ。ヤマトの文化の様式化された形の文化は皆無に等しい。日本や中国の影響で造られたわずかの文化財を視野からはずせば、不毛でしかも素朴な古代が噴きだすだけだと。それからもう一つは沖縄の民謡についての発言。——歌は三味線の伴奏と調和するのではなく、逆に「三味線の伴奏が歌に追いすがる」云々。これも日本の民謡に対する劣勢とみるよりは、三味線の伝来よりは遥かに遠い時間において、むしろ波の絶ゆることのない旋律を伴奏として歌われた古謡の唱法が、何らかの形で、比較的新しい民謡にも残されたのではなかろうか。別の言い方をすれば、三味線とは全く別の形で歌だけが歌われた期間が比較的長いのではないか。きわめて主観的な意見になるが、たとえば「トバラーマー」などは八重山の浅緑に近い遠浅の波がゆったりと満たして弦をひっぱってゆくような旋律を私に想起させずにはおかない。

ところで同じほろびるにしても脱落するとはどんなことか。それは円環する支配の秩序に自らの存在をぴったりよりそわせるけれども本質的な差異性によって報復され解体することだといえよう。それは現在の沖縄の情況にぴったりするし、また遡っては廃藩置県の際の沖縄の上層部が、いかにして日本国民になるために刻苦したかをみればわかる。むろん日本国民になれなければ「非国民」になるわけだし、不可避の選択だったわけだ。それを象徴するものとして沖縄学の開祖である伊波普猷の「日琉同祖論」は、沖縄内にいかに日本に同化しない、あるいはし得ない、いわゆる異分子が多かったかを裏書きしているといえよう。その具体相については新川明が多くの資料を駆使して『異族と天皇の国家』で述べているので縷説しない。

ただ伊波普猷の中でも、日本の大和朝廷から持続している文化の様式にみあう形の文化がないというコンプレックスが「同祖論」の形をとったことは否定できないだろう。それは現在のわれわれをも襲いかねないすきま風のような想念であるけれども、少なくとも制度としては大和朝廷を対象化する視点あるいは、沖縄を支配した日本の体制を批判する視点が欠落したまま実現された窮民救済論だったことは否定できない。

ところで黒田喜夫はそういう南島に眼を注ぎつつ宮古島の「神歌《ニーリ》」「クイチャー」「タウガニ　アーグ」などを引用してそこに露呈する古代、あるいは大和の調和空間とは異質な民の肉感を視ているが、確かに沖縄の古代には一種芒洋としたそれでいて絶ゆることのないリズムによって村の創生を語る古謡があるけれども、そこには「一人」の内への注視としての声はまだはらまれていない。しかしそれらの歌には下手な細工のほどこされていないアルカイックなエロスが流露している。

ゆうどぅりゃがまんな　　夕凪時には
　いらようかなしゃ　　ねえ愛《いと》しい人よ
ぱすやどぅがまや　　板戸は
　うとぅだかかりゃよう　　音が高いので
ならんやどぅぬ　　鳴らない戸を
　むしるぬやどぅゆ　　莚の戸を
さぎまてぃりよ　　下げて待って居れよ
あさかぬみぢゅ　　井戸の水を

いらようかなしゃ
つむぬすりぃきゃあ
あみりばまい
つばぁがかぢゃぬ
かなしゃがかぢゃぬゆ
んぎてぃやにゃあん

ねえ愛しい人よ
心ゆくまで
浴びても
あなたの匂いは
愛しい人の匂いは
脱けはしないよ

つばぁとぅぱぬとぅが
ばしがまからやよ
にしゃやとぅばんとぅが
ばしがまからやよ
みぢやとぅんどぅ
むりんがしゃくだつどぅ

あなたと私の
間からは
愛しい男と私の
間からは
水も通らない
濡れないほど抱き合っていよう

(「タウガニ　アーグ」)

私の知人の医師によると、青年たちが共同の野原で集団で性の交歓をなしている場面が彼の少年期までみうけられたそうだが、それはまさに欲情の誰はばかることのない行為であり、一つの祭祀にみまがうものだが、私はそれにそれ程の郷愁をそそられない。この「タウガニ　アーグ」を読むと性の共同における交歓を背後に思わせながら未生のエロスとして歌の中にすくいあげようとする水準にあることがうかがえる。言いかえるなら三十年ほど前にくり展げられていた古代にみまがう「毛遊び」はこの古謡の水準を超えていないし、従って古代の風習は時間を超えて（時間を失って）現代まで遺制として機能していたわけだ。むろん宮古島の古謡は制度としてみれば大和朝廷以前あるいは無縁の遺制となるかもしれないが、ここに引用した「アーグ」などは民の肉声としてみれば黒田喜夫が言うように「孤状列島の衆夷の感性のコンミューン」として読むことができるかもしれない。

そこでささやかな私見を述べると南島の歌は未生のエロスは流露しているが、人と人との関わりにおける畏怖がない。あまりに同化的だ。いわゆる「一人」へ昇化してゆく言葉の質は稀薄なのではないか。もちろんそんなことを言えば身もふたもないけれども、感性が開かれていると言うのは、一つの同化へ向けて言葉がうねってゆく歌への志向をもつかもしれない。それは現代の水準でいわれる詩の言葉のもつ垂直性とは可能な限り距たっているとはいえまいか。だが今はそういう現代の視点から測定することはよそう。ただ民の原生における性への開かれた感性は〈制度〉よりも優位だということは言っておくべきかもしれない。そしてそれは現代においてもそのまま敷衍できることかもしれない。

ぼくらは戦前における天皇制批判、戦後におけるスターリニズム批判を必然的なであいとして成し遂げた少数の文学者をもっているけれども、やはり最も大事なことは、それを感受性の思想としてどれだけ肉化し得たかにあるだろう。それにしても現代ほど詩が原生の肉感から剥離された時代はないのではなかろうか。それはおしすすめられる時代の分化と感性の抽象化によって「抒情」が反省的になったことによるかも知れないが、また衆夷からだんだん生の根拠が浮き上ったことによるともいえよう。そんな状況で吉本隆明の古代論や黒田喜夫の衆夷論が、提出する問題は切実だと言えよう。両者の古代へのかかわり方は交叉しつつまた画然とちがう相貌を呈してくるのも当然だし、それはこの二人の詩人の方法のちがいによるものだと言えよう。

吉本隆明は詩の起源までさかのぼって喩のあり方を解き明かしている。

> 詩の起源にちかいところで、「景物」が表現にあらわれている場合、その「景物」は、けっして写実的な意味での「景物」あるいは「自然」ということを意味しないので、むしろ宗教的なあるいは自然信仰の段階において、個人の観念でなく共同体の観念が象徴的によりあつまるところとして「自然」というものが詩の表現のなかに存在していた、ということがかんがえられます。
>
> (「詩的喩の起源について」)

指示する行為が共同の視点を受容するとき、喩は風化し解体する危険にさらされはしまいか。逆に「視る」行為が風化するとき喩は秩序の中へ円環する形をとり、個の肉声から縦深性を奪ってしまう。これは現代の共同の観念である安保闘争を素材にした詩の中にもみられる現象ではないだろうか。つまり詩を現代の秩序とのかかわりでみるとき吉本隆明の分析はそのまま現代にも適用されると思う。ところで吉本隆明が歌の抒情の決して軽くない部分を占める景物が共同体の宗教的な心性を収斂する象徴だという指摘は、今まで国文学の習性で和歌を読んでいた者には戦慄すべき論だが、またたとえ象徴として読まれねばならないにしても、歌には歌う主体にしかかけがえのない感性の顕示があるものだと考えられる。そしてぼくらがなお和歌を読むのは、それ以外には理由はないはずだ。黒田喜夫はまさに、この歌が景物の面で象徴をかむっていても、そこには古代から現代まで一貫する民のエロスがうねっているはずだという民への愛着によって立論されている。そしてその原型を彫り出すのに「やまと歌」ではなく、北辺の衆夷の歴史に執着し資料を解明したのは当然だと言えよう。

「やまと歌」のさだめのほとりから、北辺の地の唄の貌にこのように問う（失われた自発・自生の根源を問う——筆者注）方位があるなら、問いはその深みと時の軸に樹てられ、それは私の深み、私の一人の彼方へ、むしろ未生のまま息絶えたにしろ、もしもわが夷語があるのなら！〔……〕自らの身体性から開かれる「唄と郷」のありかを見たいと、それ自体が問いの時空と化すようだ。

ここで注目すべきことは衆夷への考察が、そのまま「私の深み、私の一人の彼方へ」と垂鉛を下ろすことによって展開されていることだ。だから古謡から民謡までをつらぬくまつろわざる者の、「やまと歌」とはそむく異次空間を設定して民の生の内実を問う作業が詩のモチーフにきびしく交叉するわけだ。それは黒田喜夫の詩を貫く衆夷への執着と批判であり、現代のやせてゆく詩の円環体を破砕する何よりの根拠だということができよう。

私は『一人の彼方へ』という構想の大きい論に総体としてアプローチする器ではないし、きわめて私的な関心にひきよせて書きすぎたようだが、もはや紙数も尽きようとしている。最後に黒田喜夫の南島の歌についての考察に対して少しばかり視点を移動させ私見をはさんでしめくくりたい。黒田喜夫は「クイチャー」や「アーグ」を引用して、その歌謡にいきづく「無声」のエロスを評価するが、（それはほんとうにそうかもしれないが）あくまでも〈原生〉のうねりであり、また村に住む者の情念の原型という意味で重要だと思うけれども、現代の詩とはまた気がめいるほど遠いものだということも否定できないのではなかろうか。むろん「無声」の歌ということにそういう距離はあらかじめ測定した上で現代に架けようとする意図はうかがえるけれども、南島のそういう未生の抒情がそのままでは現代の詩をつき動かす力にはなり得ないというところまで情況は進展（あるいは解体）しているのではなかろうか。現代の詩とは逆に、南島の抒情は、それが充実する場合、〈眼〉を眠らせることによって可能になったのではないかと思う。つまり、〈眼〉を眠らせるとは不定型のままあり続けることではなかろうか。労働のきびしさから慰楽の眠りへ向う抒情はゆったりと孕まれたけれども、慰楽から覚醒へ向う歌はそれ程なかったのではなかろうか。そこで想起されるのが、黒田喜夫が以前「深みの歌――民謡をさぐる」で引用している「山形おばこ」の〈眼〉のありようだ。

おばこ　居《え》だかやと
厨房《ながす》の隙間《すくま》こから　のぞいて見たば
おばこ　居《え》もせで
用のない婆さまなど／糸車

おばこ　来るがやと
田圃《たんぼ》のはんずれまで　来てみたば
おばこ　来もせで
用のない煙草《たんばこ》売りなんぞ／ふれて来る

南島の歌とはちがい、確かに調律された定型へ向う志向があるにしても〈眼〉がひとつの畏怖を顕示する力をもっていると思われる。南島の歌が〈眠り〉の充実へ向うエロスをもっているのだとすれば、この東北の民謡は眠りの充実から眼醒《めざめ》へ向う〈眼〉のくるしみといえまいか。ぼくらは〈眼〉のもたらす畏怖にみちびかれて村の荒廃——おそらくこの歌がつくられた時点までひきもどされる。そして私は南島の不定型のリズムに根をひたしつつ、しかも〈眼の畏怖〉をどのように思想の根源に交叉させるかを一人で夢想している。

古謡から詩へ——藤井貞和に触発されて

ある批判者の言葉が正確にみえても、真実を衝いていないこともあるものだ。藤井貞和には、詩集の書評を書いてもらったこともあるし感謝しているけれども、同時にこの人の文章に何か行きちがいと、もどかしさを感じていることも事実だ。藤井貞和は『現代詩手帖』四月号の「シルエットの呪謡」という論文で、私などを先鋭な詩意識の所有者と規定し、奄美の藤井令一という人の文章を引いて対比している。そして藤井令一の作品を先鋭的な詩意識の死角にある「独特な領域」としている。ところで藤井令一の文章を再引用するとこうだ。

「それが（奄美が——筆者注）、他の地に比べていかにも異質な多様性を持っているし、現代の文化と対等の力のバランスを保ちながら、他のどの地にもない根強い日本の原質を感じさせ幻想させているところに、深く視点がそそがれるべきであろう」（「奄美の人と風土」、『民話』一九七六年秋）

藤井貞和は右の文章と対比して私の「歌と原郷」(『現代詩手帖』二月号黒田喜夫特集)にふれ、「支配体制という意味でしか「日本」という語を使用していない」と断定している。だがそこでは私の原文のそれに相当すると思われる部分を引用すべきだっただろう。

ただ伊波普猷の中でも、日本の大和朝廷から持続している文化の様式にみあう形の文化がないというコンプレックスが「同祖論」の形をとったことは否定できないだろう。それは現在のわれわれをも襲いかねないすきま風のような想念であるけれども、少なくとも制度としては大和朝廷を対象化する視点あるいは、沖縄を支配した日本の体制を批判する視点が欠落したまま実現された窮民救済論だったことは否定できない。

(「歌と原郷」)

藤井令一という人の文章には少なくとも引用された限りでは「異質」を「原質」とみているので異論はないが、藤井貞和が「原質」だけをとりだし拡張しようとする論にはいささか異論をとなえたい。これは沖縄文化について柳宗悦が言ったこととさして変わらないようだ。たとえば「沖縄は地理的には寧ろ大和の本土よりも、支那の福州に近いので、さぞ支那の影響が大きいだろうと想像されるかも知れませんが、事実は逆で、その言語も風俗も建築も殆ど凡てが大和の風を止めているのです。それ所ではなく、日本の何処へ旅するとも、沖縄に於いてほど古い日本をよく保存している地方を見出すことはできません」（『沖縄の人文』）というように、柳宗悦が沖縄の民芸を発掘した功績は大きく、また沖縄の言語問題で、方言の廃止をとなえた県庁の官僚（日本政府から派遣された）に対し、沖縄方言が日本語の古型であることを強調して批判しているのは一種の救いだといえよう。それは当時において勇気のいることだし、民俗への深い理解がないとできない独自の骨格をもった文化論だが、それが沖縄の民衆に温かく受容されながら、時代と対峙し、当時の天皇制にすべられた日本を対象化できなかったのはなぜか。

それは沖縄の文化を「日本の原質」としてとらえるだけで、けっして異質として、その制度的、あるいは文化の総体を根拠づけている本質が明確にされなかったからだと思われる。つまり沖縄文化を制度とのかかわりにおいて、その本質をつかむには同質性（原質）だけを強調するよりは、異質の面を深くほりさげることがよりラディカルだと思う。その異質の部分を根底にして初めて日本文化に対して距離を賦与し、対象化することができると思われる。私が伊波普猷を批判したのは、そういう日本への距離をつむぎだせなかったことに関してなのだ。伊波の仕事は膨大でその一部にしか当たってないのだが、少くとも「日琉同祖論においては制度としての日本と沖縄のちがいを充分に分離できないところからきている」と考えたから、「大和朝廷を対象化する視点あるいは、沖縄を支配した日本の体制を批判する視点が欠落し」ていると言ったのだ。

もちろん日本は制度としてのみ沖縄にかかわったのではない。そこには現代の硬直した文化が想いもみなかったのびやかな交流があったことを予想させるけれども、おそらくそれは古層の村の生活が明確にされた上ではじめて実証されることだと思われる。

ところで藤井貞和は私が「少くとも」と限定した上で、制度という言葉を使っていることを理解すべきだったと思う。それは問題を抽象して述べる場合当然のことだし、また文化の本質を解き明かすのにぜひとも必要だと思ったからだ。また制度に関してなら今までの資料で発言できると思うけれども、文化の総体についてはこれから緻密な比較研究が必要だし、その成果をふまえない限り、大胆な発言は不可能だと思える。そこで私は制度だけで沖縄を論ずることを肯定するわけではない。それは次のくだりを読めば明らかだ。

ただ民の原生における性への開かれた感性は〈制度〉よりも優位だということは言っておくべきかもしれない。

（「歌と原郷」）

これは南島の歌についてふれた部分だが、少しばかり想像力をはたらかせば、南島へのかかわり（吉本隆明、黒田喜夫などの）は南島の古層のことばを掘りおこすことによって、日本文化の硬直をやわらげるマチエールを汲みあげることへの試みではないかということがわかるはずなのだ。しかしそれは南島の古層の文化が日本の大和朝廷以後のそれとは異質という認識を前提としない限り不可能なはずだ。その上で古層と大和朝廷以前のであいをみるとき、はじめて原型ということが推定できるのだと思われる。それだけの前提をおかない同質論（原質というも同じ）は、同化をおしすすめて同祖論にいたった伊波普猷のわだちをふむことにしかならないだろう。だが現時点では秀れた論がすすめられてはいても、異質性を実証する突破口にきたにすぎない。それが確乎とした資料によって証明されるまでは、制度の異質性を徹底して追求することによって、対象化しうる距離を創出する以外にないと思われる。そこで藤井貞和が「日本を支配体制という意味だけで使っている」と言っているのは、問題の抽象化の必要から必然的にえらばれた言葉を字面だけで読んだことにしかならない。

事実私は同文において、大和朝廷の代表的文化である和歌にふれてこう書いている。それは吉本隆明が和歌の序詞を共同の幻想の象徴として解明していることに関しての言及なのだ。

またたとえ象徴として読まれねばならないにしても、歌には歌う主体にしかかけがえのない感性の顕示があるものだと考えられる。そしてぼくらがなお和歌を読むのは、それ以外には理由はないはずだ。

（「歌と原郷」）

和歌は大和朝廷の秩序に規定されながら、稀有に開花した古今・新古今の世界が日本人の美意識の最高の達成だということは否定しようがないからだし、またそれは民衆論とは別の構想で論をたてる以外に明確にしようがないと思ったからだ。「歌と原郷」はそれを論ずるのが目的でなかった。われわれは和歌や俳句を解明する先駆的な仕事として吉本隆明の『言語にとって美とは何か』と、安東次男の古典詩論をもつことができた。その両者に共通していることは詩を書いている実作者としての秀れた意識の抽象力と、あたりとしかいいようのない、臨場感で古典を現代に甦えらせる力だと言えよう。それ以外には学問的な緻密な仕事があればいいようだ。そういう観点にたてば藤井貞和の文章（『釈超空』以外の評論）には、何か満たされないものを感ずる。

民族学的に沖縄や奄美に日本文化の古型があるからといって、そっくりそのままの古型と重なる詩がこれらの地方にあると考えるのは媒介項を欠いた結論のいそぎすぎだし、つつしむべきことだと考える。そして古型と重なる詩だけを地方に求めるのは困惑をもたらすものだといいたい。それは藤井貞和のモチーフではあっても、すべての地方在住の詩の書き手たちのモチーフではないからだ。

なぜなら古型は現在の詩意識を不可視の次元で規定しつつも前面に現われない場合もあるし、また前面に現われても、土俗次元の表面的なモンタージュに終ることもあるのだ。沖縄にも土俗としての風俗を歌う詩人たちがいたし、米国の支配下ではそれが大勢を占めるように思えた。けれども、現在やっと風土の表層の次元から言葉の秩序の高みへ詩を打ち上げようとする次元に来たようだ。むろんそこでは往相としての行為が眼につきやすいけれども、彼ら若い書き手たちの中ではひそかに、還相としての行為を開示しつつある者も決していないわけではない。別の言葉で言えばこうだ。古層の生活域にある者が、その古層を肯定するだけでは、詩は風土の自然態に密着せざるを得ないし、そこでは、その古層から身をもぎはなす論理の屈伸力を要求されるわけだ。そしてそれのみが、不定型としての出生のデティルである古層を現在の意識の深みで変質させ開示することができるのだ。このことはわれわれの古典とのかかわりに酷似していると思う。即ち明晰な距離を前提としない古典とのかかわりは、古典の秘められた感性の現出をもたらすよりは、擬古典風の風姿の再現に終るしかないのだ。われわれは古くからその例にあきるほどであっているはずだ。たとえば安東次男や安西均の中に古典の蘇生をみるのが現在の私の詩のゆくえをうらなう上でふさわしい視点だといえよう。

ところで沖縄と日本の交流は七、八世紀にさかのぼれるけれども、琉球には日本から十世紀もへだてて按司という豪族が支配している時代が続き日本の天皇に相当するものをいただいていないのをどう考えるかということだ。つまりそれまで古代の生活があったことになるし、ぼくらはそれを宮古の英雄叙事詩にうかがうことができる。その叙事詩には日本の万葉の時代に成立した和歌や長歌とはちがった創生時のいきづかいと一種シャーマンの口寄せを思わせる韻律によって歌われていることを納得せしめる。それがごく最近まで口承されていたということは、大和朝廷の文化の影響を比較的こうむらない歌が、つまり奈良以前の古代が沖縄にはまだ生きているということになる。そこには池宮正治が述べるように、確かに日本の万葉以後に欠けている叙事詩の原型をみることができるかもしれない。なぜそうなったか、その根拠を明らかにすることは、私の手にあまることだが、推理を働かせばそれは豪族を中心とした共同体が早く解体した日本に対して、沖縄では、豪族を中心にした共同体がはるかに長く続き、彼らの行動が長い間温められ発酵する条件がそろっていたのではないかということだ。

　これらの歌の特徴は抒情詩に凝縮する以前の、村の創生を、戦いを文字以前の口唱に適した語りくちで、畳句をふんだんに使いながら語り明かしていく筋の面白さがあることだ。現代風に言うと、〈物語性〉ということになるだろうが、それが沖縄の文学から、あの四季の風物に思いをよせる洗練された抒情をうばっていると思われる一方、なにか人間くさい古朴さを湧出させる原因なのかもしれない。その古朴さは後の『おもろさうし』にもうけつがれ保存されているようだ。

おもろ（十四巻の十七）

一、おとまこい、あ（わ）かまこい　　一、妹よ、妹よ、

おか（わ）るな、
又　おかやへより、おわよりな、
ゑけり、あんじ
又　といし、いちへれ、あしやけ
いちへれ、おなりあんじ
又　のおたにが、いぎや
おわに（る）きや、ゑけりあんじ
又　世こと、せにせき（世そ）うぜせに、
おなり、あんじ
又　世こと、まは、世そうぜ
まは、ゑけりあんじ、
又　しまゑれい、国ゑれい、
おなり、あんじ
又　しまもまは、くにもまは、
ゑけり、あんじ
又　うみちへゑれ、おかちへ

おいでか（兄）
又　あなたの家から
おいでか、兄さん（妹）
又　神屋から出なされ、
祠から出なされ、妹よ（兄）
又　何を言いに、
おいでか、兄さん（妹）
又、世事仕（世事仕《ことし》）に、
世計仕（世計仕《はからいし》）に、
妹よ、（兄）
又　世事は、いや、世計も
いや、兄さん（妹）
又　島上げよう、国あげよう、
妹よ（兄）
又　島もいや、国もいや
兄さん（妹）
又　海幸あげよう、陸幸《おかさち》あげよう、

ゑれ、おなりあんじ、
又　うみちへ、まは、おかちへ
まは、ゑけりあんじ
又　たまゑれい、つしやゑれ
おなり、あんじ
又　しなわにな、やひきやにな、
ゑけり、あんじ

妹よ
又　海幸、いや、陸幸
いや、兄さん（妹）
又　玉あげよう、粒（玉）
あげよう、妹よ（兄）
又　御意のままに、思召しのままに、
兄さん（妹）

対訳（仲原善忠）

このおもろの特徴は対話体によって展開されていることだ。仲原善忠はこれがほんとうの兄妹なのか、あるいは擬制の兄妹なのか断定していないが、これを実際の兄妹の問答ととれば、女がシャーマン的な人格から、だんだん個的な日常性へ変貌していく過程ととれる。けれども、もしこれが恋人同志とすれば、古代の制度としての兄妹、つまり兄は司政、妹は司祭という時代を背景にして在った関係が遺制としての呪縛力を失いつつ対なる幻想が、かすかながら形成されてゆく過程だと考えられないこともない。いずれにしても、それらの歌をなりたたせているのは古代の生産性にいろどられたゆったりした情感にみたされ、村の原型をうかがわせるのに充分だ。このように『おもろそうし』の比較的古いと思われる歌は、古代の村の情感を秘めているけれども、池宮正治の説くところによると薩摩の侵入以後琉歌ははげしい変貌にみまわれているようだ。その時期からは平安朝以後の宮廷文化によって変質をこうむり、古代のおもかげは失われてゆく。この様な琉歌の移り変りから言えることはやはり古層の原像を現出させ、大和朝廷以後の文化と制度を対象化する拠点をきづくことが大切だということだ。そのときはじめて、支配としての日本（沖縄支配にかぎらず）の自然態を批判しうるのだし、また同時に和歌を中心とした美学の秀れた特質と限界をはっきりさせる起点に立てるのではなかろうか。そこで日本の原型を南島に求めるのもいいが、もう一歩ふみこんで日本との異質性をさぐることも忘れてはならないと思う。島尾敏雄が「異郷」といっていることはそれ以外ではないだろう。

九州島の南端と台湾島の北端の間に連なるこの島々の存在の見事さはどうだろう。地理付図の紙面から潮騒とおやみなき風のざわめきがわき上り（おそらく三弦の音はそれらのざわめきの抽象であろう）一種の寂寥にひとはひしと襲われるに違いない。それは孤独な点在ではあるが、ただそれだけでなく私にとってはむしろ興奮である。日本国にとってほとんど唯一の、内に含める異郷である。私は南西諸島を思うときに私の気分が豊饒になることをとどめ得ない。

（「南西の諸《（ママ）》島の事など」）

奄美に住んでいる島尾が「異邦人の眼」で本州をみるのは、日本の原質だけをみつめて安堵する整合論理によってではなく、明らかに本州との異質性に対する確信によってだと思われる。

ところで沖縄で詩を書く者は、それを民族学的次元での古俗の提出に安住してはいけないと思う。異質性を古代までさかのぼって明らかにしつつ、現在までその異質性を透徹させることによって、状況に対する異貌としての思想を形成することだ。現代において人間の真実なる貌に到達するには、それくらいの内在化の手つづきはしなければならない。なぜなら古俗そのものに意味があるのではない。古俗を露呈せしめている動因こそが重要なのだ。そこに着目しなければ、十年おきぐらいに繰り返される土着論議の不毛を断つことはできないだろう。言うなればめざましい近代の建設と破壊とはうらはらに、一時間も飛行機に乗れば古代の生きづいている古層の村へ行けるということを知るべきだろう。だが沖縄では必ずしも古層の村へ行かなくても、ということは都市にいるわれわれの意識を破って時に古代が噴出することもあるのだと考えられる。むろんそれを根拠に地方都市の風俗化した土俗を批判して、〈村〉の原像を持続的に展開し得るとき、現代の状況を超える作品になりうるだろうとだけは言っておきたい。だが地方の近代化は、〈村〉を原感情の混沌としてではなく、一枚の平面として機能させる。つまり原感情が風景として形骸化するということだ。したがって地方にいる者は文体に苦しむ。なぜなら風景として古代への感受を深めて原感情としての村を手にいれるには、現存の矛盾体をくぐらせることが必要だからだ。それをなしおおせない人たちは温厚な愛郷者になり、島にある疼きを忘れてしまう。民族学から学びつつも、詩が己れの道を行くのは、そういう陥穽から身をもぎはなすためだし、古代にみあう意識の現在への高いボルテージをもった思想を構想しない限り、古代を現在の表現の水準に表出することは困難だと思われる。

清田政信とは誰か

松田潤

その足跡

沖縄の「現代詩」について語るとき、山之口貘ともう一人、清田政信の名前を挙げないわけにはいかない。貘が琉球方言によって表現された文学と沖縄の戦後詩のはざまを生きた変革期の詩人だとすれば、清田政信は沖縄の戦後詩のあり方を一変させた詩人であるからだ。

貘の詩は、一般的には生活を綴った〈生活詩〉と評されることが多いが、貘を論じた評論で清田は、この通念を明確に否定している。清田は、貘が戦前の沖縄社会の下層民衆の屈折した情念を生活の底にまで降りて抽出し、「体制の規制力をさかむきにつきくずしてゆく方法」としての詩を志向していたことを、「無償性」とよんで評価した。いわば「近代の放棄」（清岡卓行）によって民衆とつながる普遍性を獲得したのが貘であったと言えるが、対象的に清田は「近代性」に極めて自覚的であった。清田は貘の対極に自らを位置付け、「民衆の中の個の特殊性を究極まできわめ、沈黙の受感による真の対話を発見」していく方法、すなわち「無名性」の追求によって孤独な人間を結びつける詩のことばの創出を目指した詩人であった（「山之口貘論」、『抒情の浮域』）。

こうした姿勢を、別の箇所では「個人性への収斂」とも言い換えており、個としての自立がなりよりもまず要請されたところに、清田の詩と思想の新しさがあった。沖縄の戦後詩史における清田の登場は、後の世代に「事件」と言わしめるほどの衝撃を与えたのだった。

では、今もなお「伝説の」「幻の」詩人と形容される清田政信とは「誰」なのか。この小文では、彼の伝記的足跡、沖縄文学史上の評価、詩と評論におけるモティーフや方法をたどりなおしたいと思う。

清田政信は、一九三七年に沖縄県久米島町具志川で生まれた。一九五六年、琉球大学文理学部国文科に入学後、同学科専攻の学生を中心とする「琉大文藝クラブ」（のちの琉球大学文芸部）の同人たちによって一九五三年に創刊された『琉大文学』に参加し、執筆活動を開始した。以後、詩集を八冊刊行している。

『遠い朝・眼の歩み』（詩学社、一九六三年）
『光と風の対話』（思潮社、一九七〇年）
『清田政信詩集』（永井出版企画、一九七五年）

『疼きの橋』（永井出版企画、一九七八年）
『瞳詩篇』（沖積社、一九八二年）、
『南溟』（アディン書房、一九八二年）、
『渚詩篇』（海風社、一九八二年）、
『碧詩篇』（七月堂、一九八四年）
　評論集には、以下の四冊がある。
『流離と不可能性』（沖縄大学文学研究会発想編集部、一九七〇年）
『情念の力学』（新星図書出版、一九八〇年）
『抒情の浮域』（沖積社、一九八一年）
『造形の彼方』（ひるぎ社、一九八四年）
　清田が琉大に入学した当初、『琉大文学』は第一一号（一九五六年三月）が発行停止になり、文芸部も半年間の活動停止処分を受けているさなかであった。処分の理由は、事前の検閲を受けていなかったことに加え、掲載された作品が反米的であったためだという。当時の『琉大文学』は、第八号（一九五五年二月）も発売後に琉大当局に回収されるなど、反米・反植民地的な性格が極めて色濃い雑誌であった。その論調には、竹内好経由の国民文学論や社会主義リアリズムの影響が見られ、時代の状況に切り結びながら「政治と文学」を分離することなく思考していたことが読み取れる。

このような事情からしばらくは活動できない文芸部に入ってしまった清田は、部の同人らとともに政治活動に身を投じていく。沖縄では当時「島ぐるみ」土地闘争と呼ばれる住民集会やデモなどが大きなうねりとなっていて、米軍による弾圧もいっそう激しくなっていた。五六年六月に明らかにされたプライス勧告（軍用地無期限接収の正当化、地料一括払いの拒否）に反対するその闘争の最盛期に、デモを組織したとされた琉球大学の学生六名が退学処分、一人が謹慎処分とされた「第二次琉大事件」が起きた。米民政府の要求に琉大当局が屈する形で処分が強行されたが、うち四名が『琉大文学』の同人であったことからも、これは『琉大文学』を狙い撃ちにした処分だったことは明らかだった。この政治的な挫折の経験が、清田のその後の詩人としての歩みを決定づけたのである。

文芸部での活動を停止させられている時期は新入生だけで活動し、一九五七年五月には中里友豪、岡本定勝らとともにガリ版刷りの同人誌『サチュリコン』を創刊する（同年七月に二号、九月に三号）。清田は久米山充名義で第一号に詩「豹変」や、第二号に詩「しゃぼんだま」、エッセイ「馬の足」などを寄稿した。この『サチュリコン』は大学当局に無届けで創刊されており、また清田をはじめ同人たち全員がペンネームを使用していたことからも、検閲の眼を強く意識していたことがうかがえる。

この時代を想起するうえでなによりもまず重要なことは、日常のあらゆる次元が米軍占領という支配に覆い尽くされていた点である。出版物の事前検閲に加え、集会の規制・監視、さらにCIC（米軍諜報部隊）に雇われた学生スパイが横行していたため、何かを表現すること自体が米軍の安全を脅かす危険な行為だと見なされていた。このような監獄的空間とも言える状況下での表現行為とは、とりもなおさず占領者の意向を忖度し、内面化してしまうこととの闘いであった。清田ら同人たちは前世代のような直接的で過激な軍政批判とは異なった仕方で「占領者のまなざしをくぐり抜ける言葉」（我部聖）を発明していったのである。

『琉大文学』での活動が再開して以降、一九六〇年代から七〇年代にかけての清田は、沖縄の詩人のなかで最も精力的に詩と評論を発表した。一九五九年九月には中里、岡本らと谷川雁の『原点が存在する』からタイトルをとった『原点』を創刊、琉大卒業後は中高の教員をするかたわら、一九六二年には岡本定勝、宮平昭らと同人詩誌『詩・現実』を創刊し、これは後に清田の単独編集となった。他にも『琉大学生新聞』、地元紙、総合誌『新沖縄文学』、県内の詩の同人誌などに多数寄稿しており、また『中央公論』、『現代詩手帖』といった日本本土の雑誌にも詩や評論が掲載された。一九六六年に病床の黒田喜夫を訪ねて上京し、知遇を得たことが「自らの詩の方法をあらためて考える機縁となった」（「ノート」、『光と風の対話』）とも書いているように、黒田をはじめとして清水昶、北川透、藤井貞和ら本土の詩人たちとも交流があったようだ。その後、一九八〇代半ばに体調を崩してからは筆が途絶えてしまうが、現在にいたるまで、後の世代に多大な影響を与え続けている。

その評価

沖縄戦後詩史の出発は、地上戦で廃墟と化したその地で人びとが捕虜となり、収容所生活が始まったことと軌を一にしている。「わたしはたしかに生存していた」と絞り出すように告げる牧港徳三の詩「手紙」は、一九四五年八月に「古知屋開墾村跡の米軍収容所」にて書かれたものだ。岡本恵徳は、「沖縄の戦後の文学」（『現代沖縄の文学と思想』沖縄タイムス社、一九八一年）で、この敗戦から一九五一年頃までの時期を、民間の手によって新聞・雑誌が発行され、住民の文化的欲求をみたした時期にあたるとし、戦後文学の展開における〈第一期〉と区分した。いまだ「文学の理論や方法的な自覚は乏しい」時期とされている。

〈第二期〉は、一九五二年頃から一九六一年頃までで、米軍の反共政策にともなう圧政と住民運動の激しい抵抗の動きを示すいわゆる「政治の季節」である。文学もこの動きに呼応し、新川明や川満信一ら初期『琉大文学』同人たちが社会主義リアリズム論に依拠して「文学による抵抗」を主張した。

〈第三期〉は、一九六二年以降を指し、社会的・政治的には「祖国復帰運動」の展開を軸とする。文学活動の面では「文学的な立場や方法の多様化と、同人雑誌、あるいは個人の詩歌集の輩出」に特徴づけられる。個人の内面へと向かう文学の傾向もこの頃のことで、こうした動きは第二期の人々への批判を通して清田ら『琉大文学』の一九六〇年代のメンバーによって形成されていった。岡本恵徳は、この時期を次のように説明している。

清田政信らこの時期のメンバーは、主として前期の『琉大文学』のありかたを否定し、文学の自律性と共に表現する者の主体的なありかたを問いかけたのである。

彼らの主張は、所謂「島ぐるみ闘争」の挫折したのちの停滞した政治的な状況に対するいらだちや怒りをも内包していた。だから状況にかかわる個人のありかたや意識のありようを問うという点でそれぞれ異なったありかたを示すとしても、闘争の挫折後の状況に対するいらだちや怒りという共有するモティーフがあり、その点ではグループとしてのつながりが強かった。［……］いわば文学的立場や方法の多様性が強くなるのである。

歴史研究者の鹿野政直は、『琉大文学』に関する先駆的かつ唯一のまとまった研究「否《ノン》」の文学――『琉大文学』という航跡」（『戦後沖縄の思想像』朝日新聞社、一九八七年）において、その考察は『琉大文学』一九五〇年代発行分までに留まっているものの、清田ら一九六〇年代世代についても言及している。鹿野は、「第二次琉大事件」を受けて現れた清田ら後続世代は「新たな出発の思想的基盤をかたちづくる課題に直面」したと述べ、その「思想的基盤」が「主体への回帰」として転回し、詩と評論／小説の二つに分極したうち前者の極の代表が清田であった、と分析している。「主題における日常性の拒否、方法における具体性の拒否、理念における政治との拒否が目立ち、そのような三つの拒否はそのまま、極限性の追求、象徴性の追求、文学の自律性の追求となっている」。鹿野は、清田に代表される一九六〇年世代の「主体への回帰」が非政治主義への傾斜と紙一重だったと考察している。

しかし、次のような評論を読むとき、清田は政治への拒否というよりもむしろ「主体」や「政治」そのものの問い直しとそれらへの新たな「かかわり」を志向していたとは言えないだろうか。沖縄の戦後詩については清田自身が「沖縄戦後詩史──動乱の予感と個人性への収斂」（『現代詩手帖』一九七二年九月号）においてすぐれた整理と解説を試みており、そこで清田は、「土地闘争」の渦中で思想を形成した五〇年代の詩人たちと六〇年代の詩人たちを対比させて、次のように言及している。

ナショナリティのおらびともいえる「島ぐるみ」土地闘争の、分裂と退潮期に詩を書き始めた六〇年代は、連帯を信じられない地点から書きはじめている。また土着のおらびそのものは、即時としては、思想にはなりえないという、いわばみずからの存在の基底を掘りすすむことによってしか、他者は発見されないという困難をかかえこむところから出発している。

清田にとって六〇年代とは、ナショナリティや土着に依拠することなどもはや不可能な「連帯を信じられない地点」なのであり、「みずからの存在の基底を掘りすすむこと」によって、「政治とかかわりながら、可能な限り《個人性》を深化しようとする意志」を所有すること、つまり《個人性》を掘りすすんで他者に語りかける思想」に立脚するしかなかった時代であった。それは、「個人性」を突き詰めていくことを通して「他者」や「政治」と再び「かかわり」、出会いなおしていくことを目指す思想と言えるだろう。

後の世代も、清田のこのような姿勢とその詩的実践から多大な影響があったことを認めている。大城貞俊は、清田たちの「政治詩から内部詩への変化」を「沖縄の戦後詩のターニングポイント」と位置づける（『憂鬱なる系譜――「沖縄・戦後詩史」増補』ZO企画、一九九四年）。高良勉は、清田の詩「ザリ蟹といわれる男の詩篇」を取り上げ、「彼の代表作の一つであるだけでなく、明らかに沖縄戦後詩の大きな表現方法の転換をさし示すものであった」と高く評価した（「沖縄戦後詩史論」、『沖縄文学全集第二巻 詩Ⅱ』国書刊行会、一九九一年）。

また小説家の目取真俊は、「エッセ　清田正信について」（『敍説』一五号、一九九七年）という文章で、学生時代に沖縄の詩人や小説家を読み進める中で自身が最も強い印象を受けたのは、清田政信の詩と評論であったことを明かしている。目取真が述べているように、強烈な批評意識でもって組織や共同体を批判し、「〈土着〉や〈風土〉という言葉に回収される通俗的な沖縄のイメージへの潔癖な拒否の姿勢」を貫いた者こそ清田政信であった。目取真は、また清田の存在を「自らを映し出す鏡」として捉え、多くの沖縄の表現者による「オリエンタリズムの眼差し」への迎合を強く批判している。

そのモティーフ

清田ほど、いかなる言葉を創出し、現実へ向き合うか、その方法論に固執した詩人もいなかったのではないだろうか。それほどに清田は多くの詩論と美術評論を発表した。前述したように、清田にとって土地闘争での敗北の経験は、詩人として現実といかに向き合うかを決定づけた出来事として刻印されている。「〈党〉にみきりをつけて脱党し」たと述べていることから（「谷川雁論」、『抒情の浮域』）、清田もまた非合法共産党（沖縄人民党の地下組織）の琉大細胞として活動していたと思われるが、闘争に破れて以後、組織的な政治運動とは一切の距離を置くようになる。この土地闘争での敗北による「屈辱感」を書き記すことから「明日への展望」を手繰り寄せようとする清田は、「政治の力のリアリティー」への抵抗の根拠を徹底して自らの内部に求め、それを詩の言葉のなかに描き出そうとしたのである(「詩と体験の流域」、『情念の力学』)。

清田は、新川明ら『琉大文学』第一期の人びとの採用した社会主義リアリズム路線を状況反映論として退け痛烈に批判していく過程で自らの方法論を確立していった。「政治と文学がはじきあえる地点、実践活動と文学が連続し得た地点」で活動していた青年たちへの羨望を抱きながらも、新川の長篇詩「みなし児の歌」を「基地という極致的状況を告発するプロパガンダ」であり、「政治の範疇に組み入れられるべき要求だけを、詩という形式に翻訳した作品」であるとして、新しいイメージ、メタファの欠如を理由に退けている(「変革のイメージ」、『情念の力学』)。

翻って清田に代表される一九六〇年世代は、アヴァンギャルド芸術主としてのダダイズム/シュルレアリスムを再検討し、「リアリズムの内的深化をはかろうとした」(「オブジェへの転身」、『抒情の浮域』)。シュルレアリスムを受容した彼らが自らに課していた表現行為とは、「現実のおびただしい」「解体の過程に〈物〉の狂おしい暴力を視て、それに切り込み、肉薄し、自身、物に解体することによって、現実の憎悪の形態をあばく」ことであった。

疎外をうち破るのは、分業化された機構の裂け目に氾濫する〈物〉を所有する論理だ。即ち自己がオブジェに化するのをおそれるよりも、すすんでオブジェと化し、それをはみ出すことによる主体の破産の現場で人間存在の条件を追訊することだ。変貌するのは現実だけではない。ぼくら自身変貌しつつあるし、変貌しなければならない。オブジェへの転身をとげることによって人間の存在の根源を問わねばならない。

「オブジェへの転身」と題されたこの評論で、清田は人間存在が物へと積極的に転身することに、軍事占領下で進行する「分業化された機構」がもたらす疎外状況を打ち破る契機を見るのである。つまり、ここでわれわれは人間存在の外延からはみだすものたちへの感受性を鍛えなおしていくことが求められることになる。このような「物」への転身というモティーフは、別の詩論では「不在」(あるいは「非在」)とも言いかえられている。

ぼくは意識の進行を断ち切って哄笑のようにあふれだすイマージュを今日もてなずけ、飼いならしヤク殺する。[……]現実と虚構の壁を突きくずすことが重要なことだ。言うなれば、生活と文学の対極の次元を、さわやかな暴力の行使のもとにまぜ合わせてみるのだ。[……]ぼくという空洞の中に、触れたくもない他者の生活の濁流がなだれこむ。このときぼくはいない。いや濁流にのまれ、ぼくは自分を見失い、生活圏でのぼくの不在に立ち合うはめになる。しかしぼくが意味を生きるのは、そういう拒否すべき他者や自然の暴力に浸食され、自らの不在に立ち合うときに夢みられるのだ。〔……〕論理的操作の深化してゆく涯にひとは、もはや論理ではからめとることのできない肉体――ぼくらがビジョンと呼ぶかたちを垣間みる、ということを言いたかったまでだ。

（「扼殺の美学」、『情念の力学』）

「物」へと転身し、存在とは異なる「不在」に立ち会ってしまうとき、「ひと」は非論理的な「肉体」の「かたち」へと変容していく。それを清田は到来すべきイメージとしての「ビジョン」と呼ぶのである。こうした詩論との交響が次のような詩篇に明確に表われている。

いわば　毎日の繰り返しの中で消失するもの。
それは　かけがえのない流産の場で射程される
全き肉感につつまれた苦悩。
しるき痛みの重みのたしかさ
に　存在の軌跡を切って消える衝迫音をきこうが
この喪失の本質は　ぼくの思想の奇型を証すだけで……
くらしに執着しているとき　ぼくの内部は洞のように空虚だ。
生命が無定形の眩暈に病んでいるとき

ぼくの出発しようとする意志は帰結点にきている。
（「解体」、『清田政信詩集』所収『遠い朝・眼の歩み』より。以下同）

ぼくをとじこめる肉をぶべつする

〔……〕
いずれにしろ　ぼくらのあるところに
ぼくはいないのだから
みずからほろび　くちはてはすまい

肉のこわれる　かぐわしい季節に生きていようと
そり返る舟のゆらぎに
欲表の難破を遂げ得るか

死が風をこばんだとしても
また　ぼくのかつての唄が　自殺の美感につつまれていても
動きのたえたところに　発語の疼きがあるなら
ものたちの形に苦しまず　みえない風のように

なでながら　吹きぬけることができよう

（「風の唄」）

夜のふちでけものとなり
穴を這い出すと　みんな　ねぐらへ家畜だから
ぼくらのいのちは　はげしいうずきのかたちでくずれはじめ
しなやかに　けいれんしているよ。

（「ほぐれる海」）

〔……〕
虚空の一点に現象がキリキリもみあげ
ぼくは　不在に立ち合う。

革命前夜の街を横ずさる
きみの甲羅が踏みしだかれるとき
あらたな皮膚は　誕生の痛みにうずく
傷つかず　生きのび　東京を　場末を
ビルの中を横ずさる　黒いザリ蟹のトルソはわびしい

（「ザリ蟹といわれる男の詩篇」）

以上のような「物」への転身や「ビジョン」と呼ばれる不在の「かたち」への変容は、決して詩的な想像力においてのみ構想されていたのではなく、村や共同体への批判を通して、「個人性」という位置から徹底して具体的に思考していたことが重要となる。

長田弘が「共同体の不在」へ、自らを試みつづける意味は、二次大戦における復員と脱走が、かいまみさせる国家権力の構図からもっと自由に、共同体の「崩壊」ではなく、その「不在」から出発するということかもしれない。それは沖縄問題についても既存の共同体の規定関係からアプローチするとき、さけがたい体制から疎外としての範型を拘束力としてこうむる先験性を可能な限り排除し、日本も沖縄も同様に問題の困難な出発点にあるのだ、という根源的な視点から発言している。戦争世代が現実を廃墟として受感する位相は終点であるのに対して、〔六〇年世代は〕「不安」がまぶしい実存の喚起として廃墟を出発点にしている。いうなれば爽快な責任の論理を内在化する位相だといえよう。したがって連帯への志向が従来の差別感による沖縄問題の検討からは思いもかけない、個人性の「発見」となるのだ。つまりは「不在」の共有から連帯を組織する地点なのだ。

（「帰還と脱出」、『情念の力学』）

ここで清田が戦後の体験を想起しながら試みるのは、詩と思想によって「コンミューンの共感域を不可視の情念として開示」（『黒田喜夫論I』、『抒情の浮域』）していくことであった。それは「「祖国」概念を否定する不可視の民衆域を創出」することであり、また長田弘が戦後日本で試みているような、「共同体の不在」から出発する、ということでもある。その沖縄における例として清田が取りあげるのは、一九六五年にベトナム行きを拒否した米軍中尉や、南ベトナム行きの乗船拒否をした「全軍労」（全沖縄軍労働組合）などである。

ここに見られるのは、被差別感によってたちあげられる民族的な共同体ではなく、国家権力と戦争への加担を拒否する「爽快な責任の論理を内在化する」者たちによる、「共同体の不在」を共有する「個人性」という連帯の領域である。この連帯の出発点に、清田は「共同体の不在」をばねにして国家権力が形骸化され、未来に創出されるラジカルな情念形成の予兆」を感受しているのだ。それはすなわち、「むざむざ死ぬことへの抗議」であり、「脱走きわまって反撃となる思想」を個人性に立脚して形成していくことへ向けた呼びかけである。詩「ザリ蟹といわれる男の詩篇」の冒頭に掲げられた「廃墟の風をこころよくあびて立つ　それに〈自由〉と呼びかける日」というエピグラフがもたらす戦慄と爽快さは、「廃墟を出発点」にした「不可視のコンミューン」＝「不在の共同体」のはじまりが告げられているからだと思われる。

以上、清田政信の詩と詩論におけるモティーフについて見てきたが、この小文では清田が熱心に取り組んでいた美術評論については取り上げることができなかった。その他にも、清田を語るうえで重要なテーマは、まだまだ数多く残されている。清田については、半ば伝説化されて語られてきたわりには、久しくそのテクストが入手困難だったせいもあってか、論じられていないのが現状である。そうしたなか、近年になって清田を対象とした学術的な研究も出始めており、また、二〇一七年三月には「清田政信研究会」が那覇で発足した。清田政信を研究している一人として、本書が新しい読者を獲得してくれることを願ってやまない。

（近現代沖縄文学・思想史研究、一橋大学大学院在籍）

編者後記

本書には、清田政信の既刊単行本に未収録の連載「沖縄・私領域からの衝迫」（『新沖縄文学』一九八〇年九月号から八二年六月号まで計七回）を中心に、モティーフを同じくするほぼ同時期の作品から数篇を選んで収録した。清田の単著としては三十四年ぶりとなる。

本文中、あきらかな誤字・誤植は訂し、一部の引用をのぞいて新字・新かなを用いた。世礼国男→世禮國男など旧字が用いられることの多い固有名詞や、現在では使われることがないであろう表現については、本稿執筆当時の歴史的社会的条件を鑑み、詩人の表記に準じている。また、本文中の引用についても不備が多いため、各全集や出典の判明する範囲で可能なかぎり校合することにしたが、以下に記した以外の校異については省略する。

微視的な前史

初出タイトルは「微視的な若干の補足」。『新沖縄文学』二八号（一九七五年四月二九日発行）に掲載の「民衆の中の天皇制」に加える書きおろしとして『沖縄にとって天皇制とは何か』（沖縄タイムス編、沖縄タイムス社、一九七六年六月）に収録されたのち、「微視的な前史」と改題したうえで、『疼きの橋』（永井出版企画、一九七八年一〇月）に収録された。本書では『疼きの橋』収録テクストを底本とした。

世礼国男論

『新沖縄文学』四六号（一九八〇年九月三〇日）に掲載。冒頭の詩「無の一撃」は、のちに詩集『南溟　いやはて』（アディン書房、一九八二年五月）に収録された。そのさい八行目の「沈黙」が「寡黙」に修正されている。

「試論・沖縄の思想I」をサブタイトルとして、以後七回におよぶ連載の第一回。この連載では、毎回冒頭に清田の自作詩が配され、その後に論考もしくはエッセイが続く形式が採られている。サブタイトルは、連載第二回が「沖縄学・私領域からの衝迫」、第三回以降で「沖縄・私領域からの衝迫」となって定着するため、本書でも「沖縄・私領域からの衝迫」を採用した。

世禮國男《せれいくにお》（一八九七－一九五〇）は、平安座島出身の詩人、教育者、民俗学者。沖縄県立第二中学校（現在の那覇高等学校）などで教え、戦後は知念高等学校校長。著書に、沖縄近代史上初の個人詩集『阿旦のかげ』（曙光詩社、一九二二年）などのほか、『世禮國男全集』（野村流音楽協会、一九七五年）などがある。

金城朝永論

『新沖縄文学』四七号（一九八一年三月三〇日）に掲載。冒頭の詩「風の覇権」は、のちに詩集『南溟　いやはて』に収録された。そのさい明白な誤植が直されたほか、三七行目の「陰」が「影」に改められ、七五行目全体が「（誰だ　向うで「見神」なんて言う奴は！）」とパーレンで括られた。

次号（連載第三回、『新沖縄文学』四八号）の文末に掲載された「訂正とお詫び」は、本稿のあとに置いた。ここで述べられているように、『おもろそうし』からの引用とされた「耳が鳴る　死の島に」の歌は、谷川健一の自作である。清田の生地久米島などについて書かれた谷川の紀行文「青と白の幻想」（『青と白の幻想』所収、三一書房、一九七九年）の最後の部分にこの歌が引かれている。谷川は「奇蝶」に「くせはびら」とルビを振っているが、ここではママとした。

金城朝永《きんじょうちょうえい》（一九〇二－五五）は、那覇生まれの民俗学者、琉球方言学者。東京外国語学校卒業。幼時より伊波普猷の影響を受け、柳田国男主宰の「南島懇話会」に参加。一九四八年には比嘉春潮、仲原善忠らと沖縄文化協会を設立する。著書に、『異態習俗考』（六文館、一九三三年一月）などのほか、『金城朝永全集』（全二巻、沖縄タイムス社、一九七四年一月）がある。

仲原善忠にかかわりつつ

『新沖縄文学』四八号（一九八一年六月三〇日）に掲載。冒頭の詩「相聞」は、のちに詩集『渚詩篇』（海風社、一九八二年一一月）に収録された。そのさい、二行目「尻」を「お尻」と直すなど、いくつかの修正が施されている。福田恆存のエッセイのタイトルは「告白といふこと」が正しいが、（ママ）とした。

仲原善忠《なかはらぜんちゅう》（一八九〇－一九六四）は、久米島出身の研究者、教育者。広島高等師範学校を卒業後、成城学園教諭となる。戦後は、沖縄人連盟会長、沖縄文化協会会長などを歴任。伊波普猷を批判的に継承しつつ沖縄文化研究を進めた。著書に、『おもろ新釈』（琉球文教図書、一九五七年五月）など多数のほか、『仲原善忠全集』（沖縄タイムス社、一九七七年－七八年）がある。

比嘉春潮にかかわりつつ

『新沖縄文学』四九号（一九八一年九月三〇日）に掲載。冒頭の詩「まなざし」は、単行本未収録。ロートレアモン『マルドロールの歌』からの引用は栗田勇訳と比定できるため、角川文庫版（一九八〇年一〇月）により補訂した。

比嘉春潮《ひがしゅんちょう》（一八八三―一九七七）は、沖縄西原出身の歴史家、編集者、社会運動家。駱氏の生。沖縄師範学校卒業後、伊波普猷と知り沖縄学に関心を抱く。上京し、改造社、小山書店の編集者となり、柳田国男に師事する。戦後は沖縄人連盟の発起人として沖縄学の振興と「復帰」運動に努めた。著書に、『沖縄の歳月――自伝的回想から』（中公新書、一九六九年三月）など多数のほか、『比嘉春潮全集』（全五巻、沖縄タイムス社、一九七一年―七三年）がある。

伊波普猷論の入口まで

『新沖縄文学』五〇号（一九八一年一二月三〇日）に掲載。冒頭の詩「斫断」は、のちに詩集『渚詩篇』に収録された。二七行目「深み」が「深みを」となっている（目次では「硝断」と誤植になっている）。

伊波普猷《いはふゆう》（一八七六―一九四七）は、那覇出身の民俗学者。その体系的な沖縄研究によって「沖縄学の父」と呼ばれる。東京帝大卒業後、沖縄県立図書館館長として資料を収集。河上肇や柳田国男らとも交友があった。琉球の尊厳を説き、『おもろそうし』の研究や「日琉同祖論」の提唱でも知られる。著書に、『古琉球』（沖縄公論社、一九一一年一二月）など多数のほか、『伊波普猷全集』（全一一巻、一九七三年―七六年）がある。

折口信夫にかかわりつつ

『新沖縄文学』五一号（一九八二年三月三一日）に掲載。冒頭の詩「歩行」は、のちに詩集『渚詩篇』に収録された。引用中、「月しろの旗」収録の中公文庫版『全集』は、第二巻→第廿三巻に訂した。『全集』第二巻「妣が国へ・常世へ」からの引用とされている部分は、正しくは同「古代生活の研究」だが、（ママ）とした。

折口信夫《おりくちしのぶ》（一八八七－一九五三）は、大阪府西成郡出身の民俗学者、国語学者、國學院大學教授。詩人歌人としての号、釈迢空としても知られる。一九二一年に初めて沖縄を旅行して以後、三度にわたって訪沖し、「まれびと」「常世」概念をはじめとする多くの研究や資料、歌を残した。その膨大な業績は、『折口信夫全集』（全三一巻別巻一、一九六五－六八）を皮切りに繰りかえし刊行されている。

柳田国男にかかわりつつ

『新沖縄文学』五二号（一九八二年六月三〇日）に掲載。冒頭の詩「方法」は、単行本未収録。「海上の道」からの引用文中、不正確な部分は岩波文庫版『海上の道』（一九七八年一〇月）によって補訂した。

柳田國男《やなぎたくにお》（一八七五－一九六二）は、飾磨県神崎郡出身の詩人、民俗学者、官僚。東京帝大卒業後、農商務省に勤務。一九二一年にはじめて沖縄を訪れる。その後、『海南小記』

（一九二六年）から最晩年の『海上の道』（一九六二年）に至るまで、終生、沖縄への関心を手放すことがなかった。著書に、『遠野物語』（私家版、一九一〇年六月）以後多数のほか、『定本 柳田國男全集』（全三一巻別巻五）などがある。

原境への意思

『南北』第三号（一九七五年一一月）に掲載されたのち、評論集『抒情の浮域』（沖積舎、一九八一年八月）に収録された。本書では後者の単行本を底本とした。

幻域

『脈』第二号（一九七三年四月）に掲載されたのち、評論集『情念の力学――沖縄の詩／情況／絵画』（新星図書出版、一九八〇年三月）に収録。後者の単行本を底本とした。

歌と原郷――黒田喜夫論

『現代詩手帖』（「特集＝黒田喜夫　飢餓と情念のゆくえ」）一九七七年二月号に、「歌と原郷――「一人の彼方へ」から」というタイトルで掲載された。のち、『抒情の浮域』に収録されたさいに「黒田喜夫論Ⅱ　歌と原郷」と改題されたが、本書では便宜上さらに改め、単行本収録テクストを底本とした。引用については、『宮古島の神歌』（三一書房、一九七二年八月）、黒田喜夫『詩と反詩』（勁草書房、一九六八年五月）、同『一人の彼方へ』（国文社、一九七九年六月）、北川透『幻野の渇き』（思潮社、一九七〇年九月）、吉本隆明『敗北の構造』（弓立社、一九七二年一二月）をそれぞれ参照し、適宜補訂した。

古謡から詩へ――藤井貞和に触発されて

『琉球新報』一九七八年二月四日付、五日付、七日付、八日付に分載されたのち、『情念の力学――沖縄の詩／情況／絵画』に収録。藤井令一の引用は「奄美の人と風土」（『季刊民話』第八号、一九七六年秋）を、柳宗悦は『沖縄の人文　新装・柳宗悦選集第五巻』（春秋社、一九七二年五月）を、島尾敏雄は（正確なタイトルは「南西の列島の事など」）『新編・琉球弧の視点から』（朝日文庫、一九九二年八月）を、それぞれ校訂に用いた。

＊

本書が小社から刊行されるまでの経緯を略記する。これはひとえに詩人の新城兵一さんの推輓による。ある日、那覇の新城さんからお電話を頂戴し、『新沖縄文学』に連載された清田政信の単行本未収録作品があるので読んでみないか、という。関心を示すと、すぐにコピーが届けられた。それが本書の中核をなす「沖縄・私領域からの衝迫」である。一読し、自身の内域《コスモス＝エロス》を微分的に剔抉しつつ、既成の沖縄論、沖縄思想史を突破しようとする語り口にとらえられた。同時に新城さんが本稿を推すわけも自分なりに理解できた。

とはいえ、清田の既刊本がすべて絶版で入手困難な現状のなか、この未完の連載だけで一冊にすると、詩人の魅力が限定的に捉えられてしまうのではないか、という思いも残る。そこで、「清田政信研究会」の井上間従文さん、松田潤さんに協力を仰ぎ、新城さんとともに追加収録する作品の選択にお力添えを得た。三氏からは種々の提案があったが、しかし最終的な判断はこちらに一任していただいた。清田の著作目録上は「後期」ともいえる、一九八〇年前後の作品中心に本書が編まれたのは、その結果である。新城さんはじめみなさんには、この場を借りて御礼を述べさせていただきます。むろん、編集方針や構成上の不備は、すべてわたしの責である。

なお、二〇一九年春には、先の諸氏の尽力によって、本書に収めることのできなかった初期の詩篇や評論、美術批評などの代表作を中心とした一巻本のアンソロジーを刊行する。時代を劃期した作品の数々が収録されるので、本書とあわせて手に取ってほしい。われわれの「共域」には、清田政信のさらなる「衝迫」が必要なのだ。

いまも病床にある清田政信さん、そして今回の出版をご快諾いただいた清田立美さんのご厚志に、深く感謝を申し上げます。

二〇一八年七月

共和国　下平尾直

KIYOTA Masanobu

清田政信

一九三七年、沖縄久米島に生まれる。琉球大学在学中に『琉大文学』に参加。従来の沖縄文学に顕著だった「政治の優位性」「土着性」を批判しつつ、沖縄、本土を問わず精力的な執筆活動を開始するが、一九八〇年代後半に病を得て以後は療養中。

おもな著書に、詩集『清田政信詩集』（一九七五）、『疼きの橋』（以上、永井出版企画、一九七八）、『南溟　いやはて』（アディン書房、一九八二）、『渚詩篇』（海風社、一九八二）など、評論集『情念の力学』（新星図書出版、一九八〇）、『抒情の浮域』（沖積社、一九八一）、『造形の彼方』（ひるぎ社、一九八四）などがある。

渚に立つ　沖縄・私領域からの衝迫

二〇一八年七月三〇日初版第一刷印刷
二〇一八年八月一五日初版第一刷発行

著者……清田政信《きよたまさのぶ》
発行者……下平尾直
発行所……株式会社　共和国
東京都東久留米市本町三-九-一-五〇三　郵便番号二〇三-〇〇五三
電話・ファクシミリ〇四二-四二〇-九九九七
郵便振替〇〇一二〇-八-三六〇一九六
http://www.ed-republica.com

印刷……精興社
ブックデザイン……宗利淳一
DTP……木村暢恵
入力……山本久美子

本書の内容およびデザイン等へのご意見やご感想は、以下のメールアドレスまでお願いいたします。naovalis@gmail.com

ISBN978-4-907986-47-6　C0095

境界／の／文学

既刊
四六判 上製

（価格税別）

くぼたのぞみ
鏡のなかのボードレール
二〇〇〇円
978-4-907986-20-9

イルマ・ラクーザ／山口裕之訳
ラングザマー 世界文学をめぐる旅
二四〇〇円
978-4-907986-21-6

和田忠彦
タブッキをめぐる九つの断章
二四〇〇円
978-4-907986-22-3

高橋新吉／松田正貴編
ダダイストの睡眠
二六〇〇円
978-4-907986-23-0

ジョゼフ・チャプスキ／岩津航訳
収容所のプルースト
二五〇〇円
978-4-907986-42-1